Christine Lenke

Der verschollene Verlobte

© 2014 Christine Lenke   www.christinelenke.de
Covergestaltung durch: Tom Jay www.tomjay.de
Fotos: © Zai Aragon / © Jeanette Diet /
    © mimagephotos – Fotolia.com
Lektorat, Korrektorat: Katja Hase

Verlag: Tredition GmbH, Hamburg

ISBN
Paperback   978-3-7323-0588-9
Hardcover   978-3-7323-0589-6
e-Book   978-3-7323-0590-2
Printed in Germany

1. Kapitel

„Was war ich für dich? Nur ein Platzhalter, damit der Platz an deiner Seite nicht leer ist?"

Ihrem entsetzten Gesichtsausdruck nach war Torben sofort klar, dass er zu weit gegangen war. Und wenn er ehrlich war, dann wusste er, dass sie in einer verdammt schwierigen Situation steckte. Aber was war mit ihm? Er stand da und musste hilflos zusehen, wie die Frau, die er so sehr in sein Herz geschlossen hatte, sich von ihm abwandte!

Torben sah nur Julia an, aber er wusste genau, dass er weiter hinten an der Küchenzeile gelehnt stand und gelassen, ja vermutlich sogar siegessicher, zu ihnen herüberschaute. Sie standen in Julias Wohnung, die eine große Wohnraumküche hatte.

„Torben, bitte. Das Ganze ist auch für mich nicht einfach."

Tief atmete er ein, um die Wut in sich zu zügeln. Alles war jetzt besser als ein emotionaler Ausbruch. „Aber muss er gleich hier wieder einziehen?"

„Genaugenommen ist es auch seine Wohnung." Ihre Stimme bebte, und Torben tat die ganze Situation leid. Am liebsten hätte er sie an sich gezogen und so lange geküsst, bis er aus diesem Albtraum erwachte. Aber er schlief nicht, leider. In ihm brodelte es und er musste hier raus!

„Ich muss jetzt gehen, Julia. Wir telefonieren?" Vorsichtig ging sie einen Schritt auf ihn zu, hob ihm die Hand entgegen, aber Torben drehte sich rasch um und verschwand durch die Tür. Er flog förmlich die Stufen hinunter und sprintete geradezu fluchtartig zu seinem Auto.

Er wusste nicht mehr, wie lange er durch die Straßen gefahren war, bis er sich letztendlich entschloss, ins Büro zu fahren. Nach Hause konnte er nicht. Dort hätte ihn nur alles an Julia erinnert, denn es gab fast keine Stelle in seiner Wohnung, an der sie sich nicht geliebt hatten.

Als er die Bürotür öffnete, sah er in das erstaunte Gesicht seines Kollegen Gero. Er nickte ihm nur kurz zu und setzte sich an seinen Schreibtisch. Sie teilten sich zu dritt das Büro hier in der Kripo-Abteilung 3. Ihre Kollegin Katja hatte Urlaub und kam morgen erst wieder.

„Was machst du hier? Du hast Feierabend!"

„Na und?", raunte Torben seinen Kollegen schroff an. „Du bist ja schließlich auch ohne meine Erlaubnis hier, da werde ich deine wohl auch nicht brauchen." Ohne ihn weiter zu beachten, setzte er sich an seinen Schreibtisch.

„Hier, frischer Kaffee." Torben sah auf. Gero schob ihm eine heiß dampfende Tasse Kaffee über den Schreibtisch und setzte sich selbst, ebenfalls mit einer Tasse Kaffee, auf einen der Besucherstühle an Torbens Schreibtisch. „Also? Was ist los?" Auffordernd sah Gero ihn an.

„Was soll los sein?"

„Seit über fünf Jahren arbeiten wir nun zusammen und haben schon so manche schwere Zeiten durchgemacht. Ich behaupte einfach mal, dass wir nicht nur Kollegen, sondern auch Freunde sind. Abgesehen davon könnte heute jeder merken, dass mit dir etwas nicht stimmt. Seit einer halben Stunde sitzt du stur an deinem Schreibtisch und starrst die Tischplatte an."

Gero nahm einen Schluck Kaffee, ließ ihn dabei jedoch nicht aus den Augen. Torben griff nach dem Kaffee und sog erst einmal den Duft tief ein.

„Wieder dein Vater?"

Torben stöhnte leicht auf. An den hatte er ausnahmsweise mal nicht gedacht. „Nein", antwortete er nur kurz.

„Julia?", fragte Gero weiter.

„Ja." Torben nahm einen Schluck Kaffee. „Ihr Verlobter stand heute plötzlich vor der Tür."

„Ihr was?" Gero setzte sich auf und lehnte sich etwas vor.

„Alexander Guthoff."

„Der Alexander Guthoff? Der Sohn vom Firmenriesen Guthoff-Reisen?" Torben nickte nur. „Ich denke, der ist tot?"

„Das dachten wohl alle. Ist er aber nicht."

„Mal langsam. Erzähl mal von vorne und wieso Verlobter?"

Torben lehnte sich ebenfalls auf den Tisch und spielte etwas mit der Tasse, während er langsam zu erzählen begann. „Ich wollte gerade noch einkaufen gehen, als Julia mich vorhin anrief. Sie war völlig aufgelöst und redete wirr durcheinander. Ich verstand sie erst überhaupt nicht, bis ich mir dann das Wichtigste zusammenreimen konnte. Der alte Guthoff hatte ja damals einen Riesenwirbel hier gemacht, als das passiert war, daher wusste ich ein wenig über die Sache Bescheid."

„Aber was hat Julia mit diesem Guthoff zu tun?"

„Sie war mit Alexander verlobt. Ein Wochenende vor der Hochzeit veranstaltete er mit seinen Kumpels eine Junggesellenabschiedsparty in der Karibik. Ein kleiner Segeltörn von vier Tagen. Gesponsert von Daddy. Schon am zweiten Tag gab es ein Unwetter. Sie waren weit weg vom Festland…"

„Ich weiß. Die Geschichte kennt hier in München jeder, der sich Polizist schimpft, so ist der Alte uns damals allen auf den Sack gegangen. Acht Burschen, fünf überlebten auf dem Boot, zwei wurden später tot an naheliegenden Stränden gefunden, einer, sein geliebter Sohn, galt als verschollen. Seit wann weißt du davon? Ich meine, dass sie die Verlobte war?"

„Sie hatte es mir ziemlich früh gesagt. Sie erzählte mir die Geschichte mit Alexander, dass der alte Guthoff alle Hebel in Bewegung gesetzt hatte und nach seinem Sohn suchte. Ein Jahr nach dem Vorfall ließ der Vater dann auch seinen Sohn für tot erklären, aber die Leiche wurde nie gefunden."

„Wie lange war er denn jetzt weg?"

„Fast eineinhalb Jahre. Drei Monate sind Julia und ich jetzt zusammen gewesen."

„Gewesen? Hat sie Schluss gemacht?"

Torben lehnte sich angespannt zurück. „Nein, so richtig nicht."

„Aha, aber so unrichtig schon, oder wie?"

„Er wohnt wieder bei ihr."

Gero zog angespannt die Stirn kraus. „Er macht was?"

„Ja, das habe ich Julia auch gefragt. Weil ich sie am Telefon so richtig nicht verstanden habe, bat ich sie, sich zu beruhigen und sagte ihr, dass ich zu ihr käme. Aber das wollte sie gar nicht."

„Aber du bist trotzdem hingefahren?"

Torben sog tief die Luft ein. Alleine der Gedanke an die Situation, als er vor ihrer Tür stand und dieser Alexander die Tür geöffnet hatte, wühlte ihn wieder richtig auf.

„Ja. Da gerade jemand aus dem Haus kam, ging ich direkt hoch zur Wohnung und schellte an der Wohnungstür. Alexander Guthoff öffnete mir und schaute mich fragend an. Da kam Julia schon dazu, schob ihn zur Seite und bat mich herein."

„Bist du echt in die Wohnung?"

„Sicher, warum nicht? Sie ist doch meine Freundin." Torben trank den letzten Schluck Kaffee und verzog das Gesicht. Kalter Kaffee schmeckte scheußlich. „Julia war blass und sehr aufgeregt."

„Erfreut aufgeregt, oder mehr schockiert?"

Torben überlegte. „Ist das wichtig?"

„Mir wäre es an deiner Stelle wichtig. Wenn sie erfreut aus dem Häuschen wäre, würde das die Gefühle für dich schon in Frage stellen, oder nicht?"

„Ich habe es eh verbockt."

„Inwiefern? Was hast du gemacht?"

Torben schob die Tasse an das Tischende und strich sich mit beiden Händen übers Gesicht. „Sie bat mich rein. Es ist eine recht große Wohnung. Man kommt jedoch direkt ins Wohnzimmer, bzw. das ist so eine Art Wohnraumküche. Sehr groß. Alexander ging dann in den Küchenbereich, lehnte sich dort an die Arbeitsplatte und beobachtete uns." Torben schluckte schwer. Wieso hatte er bloß so reagiert?

„Und dann? Lass dir doch nicht alles aus der Nase ziehen."

„Julia erzählte mir, dass Alexander plötzlich vor der Tür gestanden hatte. Sie wäre erst geschockt gewesen und stünde noch immer etwas neben sich, daher hätte sie mich auch angerufen, damit ich es nicht von jemand anderem erführe. Auf meine Frage, warum er noch da sei, antwortete sie, dass er schließlich dort wohne. Das sei seine Wohnung."

„Die Situation ist bestimmt nicht einfach für sie", fiel Gero ein.

„Ja, und ich Trottel habe sie im Stich gelassen und es versaut." Torben sah auf und Gero an. „Es gab einen kurzer Wortwechsel, weil ich nicht verstand, dass er dort wieder so einfach einziehen konnte. Dass sie das so hinnahm und mitmachte. Dann fragte ich sie, was sie für mich empfand. Ob ich nur ein Platzhalter für sie gewesen sei, damit sie nicht so allein war."

„Autsch! – Torben, das ist nicht dein Ernst, oder? Das hast du sie nicht wirklich gefragt? Mein Gott, ein Elefant im Porzellanladen ist vermutlich gefühlsvoller als du." Gero stand auf, griff nach der leeren Tasse und ging Richtung Tür. „Ruf sie an und entschuldige dich!" Damit verließ er den Raum.

Torben atmete tief ein und sah aus dem Fenster. Mittlerweile war es stockdunkel draußen. Es war Mitte November, und es fing leicht an zu regnen.

Zögernd nahm er das Handy heraus. Fünf Anrufe in Abwesenheit. Warum hatte er das Telefon nicht klingeln gehört oder wenigstens das Vibrieren gespürt? Zwei Anrufe waren von seinem Vater. Den konnte er sich heute nicht auch noch reinziehen. Und auch seine Schwester Corinne wollte bestimmt nur wieder gut Wetter für Vater machen. Zwei Anrufe waren jedoch von Julia. Der letzte vor einer halben Stunde.

Gero hatte Recht. Er musste sich entschuldigen, wenn es nicht schon zu spät war. Er schaute auf die Uhr: 22:15. Normalerweise ging Julia früh zu Bett. Meist schlief sie um diese Uhrzeit schon. Wiederum war das keine normale

Situation. Für einen kurzen Moment schloss er die Augen, dann drückte er die Rückruftaste.

„Preisinger", meldete sie sich leise und verschlafen.

„Torben hier. Entschuldige, ich glaube, ich habe dich geweckt." Sofort hatte er ein schlechtes Gewissen und seine Brust engte sich ein. Er konnte sie sich genau vorstellen, wie sie im Bett lag und völlig verknautscht am Telefon war.

„Ich habe versucht, dich zu erreichen." Ihre Stimme war immer noch leise, fast flüsternd.

Torbens Brustraum zog sich scheinbar immer mehr zusammen und seine Fantasie ging gleich wieder mit ihm durch. Lag er neben ihr im Bett und sie flüsterte deshalb?

„Wo bist du? Ich war bei dir zuhause, aber du warst nicht da. Auch dein Auto stand nicht vor der Tür." Ihre Stimme wurde klarer, somit auch deutlicher und etwas lauter.

„Du warst bei mir?", fragte er irritiert nach.

„Ja, durfte ich nicht? Wo bist du?"

„Ich, ähm, musste noch mal ins Büro." .

„Ach so. Ich habe mir schon Sorgen gemacht."

„Warum?"

„Bist du immer noch im Büro?"

„Ja. Ist er noch da?"

„Ja."

Wieder verspürte er einen starken Schmerz in seiner Brust. Torben atmete schwer ein.

„Er schläft im Arbeitszimmer. Wir haben ein Gästebett organisiert."

Torben versuchte sich auf das Gesagte zu konzentrieren und seine Fantasie außen vor zu lassen.

„Ich kann ihn schlecht vor die Tür setzen. Das musst du verstehen."

„Es tut mir leid, wie ich vorhin reagiert habe. Ich war mit der Situation etwas überfordert."

„Ich weiß. Es ist für dich bestimmt auch alles andere als einfach."

„Nun, ich denke, dass es für dich viel schwieriger war und auch noch ist."

Torben schloss erneut die Augen. Es tat so weh. Noch nie hatte er das Gefühl gehabt, den Boden unter den Füßen zu verlieren, aber so musste es sich wohl anfühlen. „Du sagtest, du warst bei mir zuhause?"

„Ja, ich wollte dich sehen, hören und vielleicht auch spüren. Ich hatte gehofft, die Nacht bei dir bleiben zu dürfen, das wäre für mich einfacher gewesen."

Innerlich stöhnte Torben auf. Sie wollte ganz offensichtlich ihn, oder nicht? Oder war er nur…? Nein, er war noch nie ein Schwarzseher gewesen. Damit musste er auch jetzt und hier nicht anfangen.

„Sehen wir uns morgen?", fragte Julia vorsichtig.

. „Wenn du das möchtest, natürlich."

„Ja, das wäre schön. Aber du bist freitags meist unterwegs. Ist morgen nicht dein Kegelabend?"

„Nein." Mit Grauen dachte er an den morgigen Abend. Sein Vater hatte ihn zum Dinner nach Hause eingeladen. Er hatte keine Ausrede gefunden um abzusagen und gehofft, dass in letzter Sekunde noch eine Leiche oder ein sonstiger Sondereinsatz dazwischen käme.

„Ich hole dich um zwölf im Büro ab. Wir können uns einen Wrap an der Ecke holen und zusammen essen, wenn du magst.

Nun lachte sie leise, und sofort schmerzte wieder seine Brust. Er durfte sie nicht verlieren!

„Also bist du abends doch unterwegs."

„Mein Vater hat mich eingeladen. Eigentlich wollte ich dich heute Abend fragen, ob du mitkommen würdest, aber ich glaube, das wäre im Moment nicht die richtige Gesellschaft für dich."

„Du bist immer so fürsorglich und übervorsichtig was mich betrifft. Aber du hast Recht, das wäre im Moment bestimmt der falsche Zeitpunkt, deine Familie kennenzulernen."

Vor allem diese Familie, dachte Torben und überlegte, was er am Besten sagen sollte.

„Torben, ich bin wirklich sehr müde und muss ja morgen auch wieder früh raus. Wenn es für dich in Ordnung ist, würde ich jetzt gerne schlafen."

„Ja, selbstverständlich. Schlaf gut, Julia. Und wenn irgendetwas ist, ruf mich bitte an!"

„Damit du es wieder nicht hörst?"

„Ich werde besser darauf achten, versprochen."

„Okay. Gute Nacht Torben."

„Gute Nacht, Maus."

Torben legte auf und sah zur sich öffnenden Tür. Gero kam einen Schritt herein und zeigte ihm, dass er ihm folgen sollte.

„Komm, ist spät genug. Gehen wir nach Hause." Damit drehte er sich schon wieder zum Flur.

Torben stand auf und folgte ihm. Gemeinsam gingen sie durch die verwaisten Flure runter in die Tiefgarage.

„Weißt du, was komisch an der ganzen Geschichte ist? Warum hat er vorher nicht angerufen, oder anrufen lassen? Wieso steht er einfach vor der Tür?"

Torben überlegte. Da hatte Gero Recht.

„Was weißt du über ihn, sein Verschwinden und Wiederauftauchen? Wo war er in den letzten eineinhalb Jahren, und wieso hat er nicht eher den Kontakt zu ihr gesucht?", hakte Gero weiter nach.

„Keine Ahnung", musste Torben eingestehen und sein Misstrauen wuchs, je mehr er darüber nachdachte.

Als Gero die Tiefgaragentür öffnete, sah er Torben fragend an. „Wie kommt es, dass ausgerechnet Julia seine Verlobte ist? Ich meine, verstehe mich nicht falsch, ich finde sie wirklich nett und gut aussehen tut sie ja, weiß Gott, auch, aber sie spielt doch lange nicht in der Liga, in der Alexander Guthoff spielt, oder? Sie ist doch eher so ein Normalo wie wir, oder irre ich mich da?"

„Ich würde uns nicht als Normalos bezeichnen", murmelte Torben vor sich hin.

„Stimmt. Du kommst ja eigentlich auch aus einer anderen Liga." Damit klopfte er Torben auf die Schulter und ging zu seinem Wagen.

Einen Moment überlegte Torben, ob er darauf etwas sagen sollte, ließ es aber sein. Grundsätzlich hatte Gero wirklich Recht.

Müde war er, als er die Wohnungstür aufschloss. Sofort sah er den blinkenden Anrufbeantworter. Die meisten seiner Freunde und Bekannten riefen ihn auf dem Handy an. Eigentlich rief nur seine geliebte Familie auf dem Festnetz an, wenn sich mal einer von denen rührte.

Zwei Nachrichten waren drauf. „Erste Nachricht, heute 16.15: Hallo Torben, hier ist deine Mutter. Es geht um morgen Abend. Dein Vater macht mich noch wahnsinnig, weil du ihm wohl noch nicht zugesagt hast. Ich habe ihm gesagt, dass, wenn du nicht kommen würdest, du sicherlich abgesagt hättest. Ich hoffe, dass das stimmt. Ich weiß, dass du viel zu tun hast. Vielleicht kannst du mich einmal kurz anrufen. Danke. Ich liebe dich mein Sohn!" Die sanfte, liebevolle Stimme seiner Mutter gab ihm gleich wieder einen Stoß. Er hasste es, wenn sein Vater sie als Spielball benutzte.

„Zweite Nachricht, heute 20.35: Julia hier. Torben wir sollten noch einmal miteinander reden, bitte. Ich habe es schon auf dem Handy versucht. Ruf mich doch bitte zurück. Ich werde es aber gleich noch einmal auf dem Handy versuchen."

Torben löschte beide Nachrichten, ging duschen und legte sich dann ins Bett. Doch schlafen konnte er nicht, obwohl er hundemüde war.

2. Kapitel

Morgen war mal wieder so ein Abend bei seinem Vater. Vor drei Monaten hatte das letzte gemeinsame Essen im Hause seines Vaters stattgefunden, was im Anschluss mal wieder mit Vorwürfen an seine Person und seiner Berufswahl endete. Torbens Gedanken schweiften ab.

Im großen Wohnzimmer des exklusiven Herrenhauses seines Vaters hatten sie sich alle noch einen Abschlussdrink nehmen wollen. Ausnahmsweise war der ganze Abend zuvor recht friedlich verlaufen.

„Ich habe meine Kontakte spielen lassen. Du kannst neben deinem Beruf auf dem zweiten Bildungsweg auf der Privat-Uni Chronas das Staatsexamen machen", begann sein Vater ruhig.

Irritiert hatte Torben ihn angesehen. „Warum sollte ich das tun?"

„Mein Gott, wenn du dich schon für diese Seite entschieden hast, dann kannst du doch auch in die Staatsanwaltschaft gehen, oder gar später einen Richterposten bekleiden."

Daraufhin war ein gepfefferter Schlagabtausch zwischen Vater und Sohn entstanden, der von seinem Vater ausgehend tief unter der Gürtellinie endete.

Sein Vater war Staranwalt in München. Schon sein Vater war ebenfalls einer der hiesigen Spitzenanwälte zu seiner Zeit. Torbens ältere Geschwister, Ben und Corinne, waren in Vaters Fußstapfen getreten, so wie er es vorgab und wollte. Beide waren mittlerweile Sozia-Partner in der großen Anwaltskanzlei seines Vaters. Nur er, Torben, war die große Enttäuschung seines Lebens, da er nur Polizist geworden war.

Das Fass zum Überlaufen brachte sein Vater, als er Torbens Mutter die Schuld dafür gab. Ihre Gene seien schuld,… Ihr Vater und auch ihr Großvater waren ebenfalls Polizisten. Dadurch hatten sie sich damals kennengelernt. Sein Vater war auf dem Polizeirevier, um seinen Vorgesetzten im

Praktikum zu begleiten, der einem frisch verhafteten Rechtsbeistand geben sollte. Seine Mutter wollte ihren Vater von der Arbeit abholen, und so stießen sie aufeinander.

Immer wenn sein Vater hier nicht weiter wusste, gab er seiner Frau die Schuld, die sich dann immer wieder gekränkt und enttäuscht zurückzog. So auch an diesem Abend. Ben hatte zwar hin und wieder mal etwas gesagt, wurde aber sofort vom Vater in die Schranken gewiesen, und so blieb er mehr oder weniger stumm am Kaminsims und trank seinen Scotch. Corinne hielt sich eh immer aus allen Familienstreitgesprächen heraus. Aber wohl auch mehr, weil sie das Gleiche empfand wie ihr Vater. Sie schämte sich dafür, dass Torben nur der kleine Bulle war.

Angenervt drehte Torben sich im Bett. Morgen also wieder einmal so eine Tortur. Was es wohl Großes zu besprechen gab? Dass Torben an seinem Leben nichts ändern wollte, hatte sein Vater wohl zwischenzeitlich geschluckt, oder doch nicht?

„Ich bin noch nicht fertig mit dir!", hatte er ihm hinterher geschrien, als Torben die Faxen dicke hatte, sich nicht weiter niedermachen lassen wollte und das Wohnzimmer und dann das Haus verließ.

Nun schmunzelte er leicht. Genaugenommen hatte er es seinem Vater zu verdanken, dass er Julia kennengelernt hatte.

Wütend war er damals nach Hause gefahren und hatte sich ein Taxi bestellt, das ihn in die Innenstadt fuhr. Torben wollte sich restlos betrinken, den Kummer ertränken. Obwohl das eigentlich gar nicht seine Art war. Aber schon das erste Bier schmeckte nicht, und das Glas wollte und wollte nicht leerer werden, was ihn erst noch mehr ärgerte.

Er zahlte und stiefelte genervt durch die Fußgängerzone, als eine Gruppe Mädels aus einem Bistro kam. Lachend, nein kichernd traten sie auf die Straße, und da sah er sie. Julia stand mitten in der Gruppe und strahlte ihn an. Langsam schlenderte er weiter und auch die Gruppe schlug seine Richtung ein. Irgendwann gingen Julia und er fast nebeneinander her, und so kamen sie ins Gespräch. Er ging langsamer als die Mädelstruppe, und Julia blieb quasi bei ihm hängen. Die anderen beschwerten sich auch bei ihr, dass sie so trödelte, aber sie hatte nur lachend abgewunken und sich von ihren Freundinnen verabschiedet. Sie wollte sich am Taxistand, der um die nächste Ecke war, ein Taxi nehmen und nach Hause fahren.

Die Mädels zogen daraufhin weiter. Julia und er bummelten jedoch noch fast zwei Stunden durch Münchens Fußgängerzone, redeten über alles Mögliche, setzten sich hin und wieder auf eine der Bänke, sahen in den mittlerweile Sternen behangenen Himmel und genossen die Zweisamkeit. Torben wusste, dass er diese Kennenlern-Nacht nie mehr vergessen würde. Es war Mitte August, und der Sommer war sehr heiß. Die Nächte kühlten kaum merklich ab.

„Ich sollte jetzt nach Hause. Um sechs Uhr schellt mein Wecker."

Dabei sah Julia ihn so liebevoll an, dass er nicht mehr an sich halten konnte. Langsam zog er sie an sich, abwartend, ob sie das auch wirklich wollte, und dass er sie nicht überrumpelte. Dann küsste er sie. Und es war wie Nachhause kommen. Noch nie in seinem Leben hatte sich etwas so richtig und wundervoll angefühlt.

Schon viele Frauen hatte Torben gehabt und, weiß Gott, nicht nur geküsst. Er war das, was man einen eingefleischten Junggesellen nannte. Auf Beziehungen hatte er nie gestanden, meinte auch, das mit seinem Beruf nicht vereinbaren zu können. Aber vermutlich war einfach noch nicht die Richtige dabei gewesen.

Noch in der gleichen Nacht hatten sie sich geliebt. Mit dem Taxi waren sie zu ihm gefahren, und noch bevor er die Wohnungstür hinter ihnen geschlossen hatte, waren sie beide nackt und noch im Flur übereinander hergefallen. Später hatten sie sich dann ins Bett verkrochen, fanden aber auch hier keinen Schlaf, da sie beide zu aufgedreht und aufgewühlt waren.

Morgens hatte er sie dann zu ihrer Wohnung gefahren, wo sie sich, ohne eine Mütze Schlaf zur Arbeit fertig machte.

Selber war er nicht mit oben in ihrer Wohnung gewesen. Irgendwie hatte es sich auch komischerweise immer so ergeben, dass sie bei ihm landeten. Und es gab keine Stelle in der Wohnung, die sie ausließen, um sich hemmungslos zu lieben. Ja, Julia war etwas Besonderes. Aber nicht nur sexuell brachte sie ihn in Sphären, von denen er zuvor nicht geahnt hatte, dass es diese gab. Er hatte bisher durchaus geglaubt, ein zufriedenes, ausgeglichenes Sexleben zu führen, aber das, was er mit Julia erlebte, sprengte alle Grenzen auf einer Gefühlsebene, die er ganz neu erlebte.

Nicht einmal die Tatsache, dass sie schon über vier Wochen zusammen waren, beunruhigte ihn. Ganz im Gegenteil. Sobald sie nicht in seiner Nähe war, dachte er an sie, freute sich über eine SMS oder auch einen Anruf in der Mittagspause.

Doch nach einem Monat wurde er stutzig. Immer wieder war ihm aufgefallen, dass sie es so drehte, dass sie bei ihm landeten, sich bei ihm trafen und so weiter. Zwar hatte er sie ein paar Mal bei sich Zuhause abgeholt oder dorthin gebracht, aber nie war er mit hoch in ihre Wohnung gegangen.

Torben überlegte, was es für einen Grund hatte, warum die Diskussion um ihre Wohnung anfing, aber es fiel ihm nicht mehr ein. War wohl auch so wichtig nicht gewesen.

„Was ist mit deiner Wohnung? Bist du ein Messi, oder warum machst du so ein Geheimnis darum?", hatte er sie geradeheraus gefragt. Darauf hatte sie erst nur gelacht, war ausgestiegen, im Haus verschwunden und er fuhr nach Hause.

Er war noch nicht ganz in seiner Wohnung, als sein Handy schellte. Am Klingelton erkannte er schon, dass es Julia war.

„Na, schon Sehnsucht?", scherzte er und merkte selber, wie erregt er wieder alleine bei den Gedanken an die vorherigen Stunden wurde.

„Ja auch", hatte sie lachend geantwortet. „Ich würde morgen gerne für dich kochen."

„Oh, was soll ich denn einkaufen?"

„Nichts. Ich kümmere mich um alles. Bist du gegen halb sieben bei mir?"

„Bei dir? Und du bist wirklich sicher, dass du mich in deiner Wohnung haben willst?" Überrascht und erfreut war er über die Einladung gewesen.

„Ja, ich möchte dir gerne etwas erzählen, oder erklären, oder wie soll ich sagen?" Sie schien plötzlich nervös und verletzlich, sodass er beruhigend abwiegelte.

„Ich bin um halb sieben bei dir, zum Essen und Reden. Ich freue mich."

„Danke." Und in diesem einen einzigen Wort war so viel Erleichterung zu hören gewesen, dass es Torben direkt Angst machte.

Wie es sich gehörte, brachte er abends Blumen mit. Normalerweise küssten sie sich zur Begrüßung, wenn sie zu ihm kam und er die Wohnungstür öffnete. Wobei sie meist schon miteinander verschmolzen, bevor sie überhaupt ganz drinnen war.

Aber das war eine ganz andere Situation. Mittags hatten sie kurz einmal miteinander telefoniert, aber er hatte keine Zeit, da sie zu einem Einsatz raus mussten. Danach hatte sie ihm noch zweimal eine SMS geschrieben, dass sie sich auf ihn freute.

Nun stand er vor dem Haus, mit einem bunten Strauß gemischter Sommerblumen in der Hand und schellte. Sie drückte direkt die Tür auf und er ging in den ersten Stock. Angespannt stand sie an der offenen Wohnungstür und lächelte ihn fast verlegen an, sodass er ihr nur einen zarten Kuss auf die Wange hauchte und ihr die Blumen in die Hand drückte.

Als sie ihn hinein bat, standen sie direkt in einem großen Zimmer mit Wohnbereich, Ess-Ecke und großzügigem Küchenbereich. Alles von hochwertiger und edelster Ausstattung. Es lag nicht, wie bei ihm, auch nur ansatzweise etwas herum und auch die Staubkörner schienen aus Ehrfurcht diese Wohnung zu meiden.

„Ich habe uns eine Lasagne mit gemischtem Salat gemacht. Ich hoffe, das ist für dich in Ordnung." Unsicher lächelte sie ihn an.

„Ich liebe Lasagne."

Sie hatte ihre langen, braunen Haare zu einem Knoten gebunden, wie sie ihn meist bei der Arbeit trug. Ihre rehbraunen Augen waren durch ihr feines Make-Up geradezu in Szene gesetzt. Sie hatte ein leichtes beigefarbenes Leinenkleid an und war barfuß, was so gar nicht zu der Umgebung, aber zu ihr passte. Sie war die Verführung pur, aber Torben setzte sich nur an den ihm zugewiesenen Platz an dem Ess-Tisch und wartete geduldig ab.

Das Essen verlief dann sehr entspannt. Sie erzählte von der Arbeit, da ihr Chef sie heute zu einem Gespräch gebeten hatte, da sie nun fast ein halbes Jahr dort arbeitete und die Probezeit ablief. Ganz stolz erzählte sie, wie zufrieden er mit ihrer Arbeit war und dass er sie gerne einmal, geschäftlich natürlich, auf Reisen schicken würde, damit sie sich das eine oder andere Hotel bzw. Ressort ansehen und für die Firma testen könnte.

„Ich dürfte dann auch gerne einen Freund oder eine Freundin mitnehmen, nur die Flugkosten müsste der- oder diejenige dann selber tragen."

Dabei hatte sie ihn so verliebt angestrahlt, dass er sich über die Tischkante gelehnt und sie geküsst hatte.

„Hört sich gut an. Vielleicht sollten wir dann einmal die Termine abchecken, damit ich meinen Urlaub entsprechend legen kann. Das heißt, wenn du mich überhaupt mitnehmen willst."

„Sonst hätte ich dir wohl kaum davon erzählt."

Sie räumten den Tisch ab und setzten sich auf die Couch im Wohnbereich.

„Julia sei mir nicht böse, wenn ich dich das jetzt frage, aber so eine Wohnungsausstattung bezahlt man doch nicht als kleine Reisekauffrau, oder?"

Nun seufzte sie schwer auf, spielte nervös mit ihren Händen, stand dann auf und tigerte vor dem Tisch umher. „Ich,… ähm, wo soll ich anfangen? Ich…" Wieder holte sie tief Luft, blieb stehen, sah ihn besorgt an und sagte: „Ich war verlobt."

Okay, das erklärte das zwar nicht und war für ihn auch nicht wichtig, denn ‚war' bedeutete Vergangenheitsform und existierte doch wohl nicht mehr. Torben sah sie nur abwartend an. Sie schritt wieder nervös auf und ab, bis sie auf seiner Höhe war und er sie am Arm festhielt. „Setzt dich zu mir und erzähl in aller Ruhe, was dich belastet."

Erst sah sie ihn einen Moment nur an, dann setzte sie sich tatsächlich neben ihn, legte die Hände ineinander und begann zu erzählen.

„Nach der Lehre zur Reisekauffrau wurde ich von Guthoff-Reisen übernommen. Mein Arbeitsplatz war die Außenstelle in der Fußgängerzone. Irgendwann holte Alexander Guthoff mal etwas aus unserer Zweigstelle und so lernten wir uns kennen. Bis dato waren wir uns noch nie begegnet, da die Auszubildenden nicht im Haupthaus verkehrten. Er flirtete direkt mit mir und wir verabredeten uns. Alexander reiste viel. Immer öfter nahm er mich mit, und nach einem Jahr fragte er mich, ob ich ihn heiraten wollte."

Sie machte eine kurze Pause, sah aber immer noch nicht auf. „Er kaufte uns diese Wohnung, bzw. sein Vater kaufte die. Sie gehört auch noch immer ihm. Wir zogen zusammen und planten die Hochzeit für den darauffolgenden Mai. Sein Vater wollte unbedingt, dass er zum Junggesellenabschied mit seinen Freunden in die Karibik flog, dort ein paar Tage auf seiner Jacht durch die Gegend schipperte und es sich noch einmal gut gehen ließ. Das war das Wochenende vor der Hochzeit. Mittwochabend flogen sie in die Karibik. Sonntagabend sollten sie zurückfliegen. Direkt am zweiten

Tag, als sie auf dem Meer waren, kam jedoch ein großer Sturm, den sie wohl unterschätzt hatten. Die Crew sagte später aus, dass sie Alexander gewarnt und Richtung Festland umkehren wollten, aber Alexanders Freunde das abgelehnt hätten. Tatsächlich war der Sturm aber so heftig, dass ein Teil der Leute über Bord ging. Drei Besatzungsmitglieder, zwei Freunde von Alexander und Alexander selbst. Die Crew konnte sich retten bzw. einer konnte etwas später noch aus dem Wasser gezogen werden, von Alexander und seinen beiden Freunden fehlte jedoch jede Spur."

Nun sah sie auf und Torben an. „Die Leichen seiner Freunde fand man am nächsten Tag an einer nahegelegenen Küste. Von Alexander fehlte weiterhin jede Spur."

Torben nahm ihre Hände, die eiskalt waren, und drückte sie leicht. „Sein Vater hat nach ihm suchen lassen", sagte Torben leise.

„Ja. Er ist sogar selbst in die Karibik geflogen. Alles haben sie abgesucht. Monatelang war er besessen davon, seinen Sohn zu finden."

„Und du warst alleine?"

Sie schüttelte leicht den Kopf. „Nein, das nicht. Seine Familie mochte mich, glaube ich. Sie hatten sich auch um mich gekümmert. Außerdem waren ja meine Eltern auch da, und ich hatte ja noch immer meinen eigenen Freundeskreis. Die Clique stand hinter mir, lenkte mich ab und kümmerte sich um mich. Nach fast 11 Monaten kam Wilhelm Guthoff dann zu mir ins Büro und sagte mir, dass sie ihn für tot erklären ließen. Sie wollten angeblich das Kapitel schließen und endlich trauern können."

„Das hört sich jetzt überraschend an."

„Ja, weil es nicht sein Ding war. Er war immer angespannt. Den Tod seines Sohnes würde er erst akzeptieren, wenn er den Leichnam sehen würde, und von heute auf Morgen war er wie verwandelt. Er schien sogar glücklich zu sein. In der Firma gingen Gerüchte um, dass große Geldsummen verschwunden sein sollten, von Steuerhinterziehung war die

Rede und so weiter. Es war alles sehr komisch und passte so plötzlich ins Bild. Alles wurde Alexander zugeschoben, der sich ja nicht wehren konnte und wohl auch nicht wiederkommen würde."

„Du warst damit nicht einverstanden?"

„Nein, aber als Verlobte hatte ich auch keine Rechte. Überhaupt hatte ich in diesen mittlerweile 11 Monaten schon großen Abstand zu Alexander und seiner Familie aufgebaut. Man erklärte ihn für tot, und alles war für die Familie geregelt. Ganz großzügig gestattete man mir, hier wohnen zu bleiben. Ich sollte auch nur 600 Euro Pauschale für Kosten und Mietanteil zahlen. Das wurde jedoch nur mündlich abgesprochen. Aber außer der monatlichen Zahlung hat sich bis heute keiner mehr um die Wohnung oder um mich gekümmert."

„Du arbeitest aber nicht mehr bei Guthoff, oder irre ich mich? Ist das eine Tochtergesellschaft?"

„Nein, ich wollte mich schon vorher von dem Clan lösen, auf eigenen Beinen stehen und hatte mich woanders beworben und sofort eine neue Anstellung gefunden."

Torben drehte sich wieder auf den Rücken. Das war das Geständnis vor fast zwei Monaten gewesen. Sie beteuerte ihm, dass sie für Alexander nichts mehr empfand, aber halt auch nicht dort in der Wohnung mit einem anderen Mann locker und gelöst umgehen konnte, weil sie das Gefühl hatte, dass das nicht richtig sei.

„Und wenn er doch wieder auftaucht?", hatte Torben vorsichtig gefragt, doch darauf hatte sie ihn nur angesehen und nichts geantwortet. Was sollte sie auch dazu sagen.

Vorsichtig hatte er sie dann zu sich gezogen und sanft geküsst, bis sie sich wenigstens etwas entspannte.

„Sei mir nicht böse, wenn ich dich das jetzt frage, aber warum bist du noch in der Wohnung? Ich meine, du bist hier eine ganz andere Julia als die, die ich kennengelernt habe. Du bist völlig verkrampft und angespannt. Mir scheint, als täte dir die Wohnung nicht gut."

„Zuerst habe ich mich auf die neue Arbeitsstelle konzentriert. Du kannst dir denken, dass ein neuer Job ganz schöne Veränderungen mit sich bringt. Mein neuer Arbeitgeber ist auch nicht so ein Firmenriese wie Guthoff, das bedeutet, dass jeder alles macht. Das ist natürlich viel interessanter und herausfordernder, aber gerade am Anfang auch sehr anstrengend."

„Das glaube ich dir gerne."

„Und wie du selbst schon festgestellt hattest, ist mein Gehalt nicht das größte. Eine Wohnung zentrumsnah von München ist verdammt teuer. Bisher habe ich noch keine geeignete gefunden, die ich auch bezahlen kann. Oder die Wohnungen sind so weit außerhalb, dass ich mir ein Auto anschaffen müsste, was nicht nur in der Anschaffung kostet, sondern auch im Unterhalt. Das ist alles nicht so einfach. Ich habe ein bisschen gespart, klar. Aber ich müsste bestimmt zwei Monatsmieten Kaution hinterlegen und mir komplett neue Möbel kaufen."

Angespannt hatte Torben nur die Augenbrauen hochgezogen und sie angeschaut.

„Abgesehen davon, dass die komplette Einrichtung Alexander gekauft hat, und wer hat diese wohl finanziert? Genau, sein Vater. Aber auch wenn Alexander die selber bezahlt hätte, würden die Möbel rein rechtlich gesehen seinen Erben, sprich seinen Eltern gehören. Sein Vater hatte mal in einem Nebensatz etwas anklingen lassen."

Das zum Thema fürsorgliche Schwiegereltern in spe, war Torben damals in den Sinn gekommen, hatte es aber nicht ausgesprochen.

„Kannst du verstehen, warum ich noch immer hier wohne?"

Torben hatte sie angelächelt und wieder in die Arme gezogen. „Nicht wegen mir, Julia. Versteh mich bitte nicht falsch. Ich finde nur, dass die Wohnung offensichtlich nicht gut für dich ist."

Entspannt hatte sie sich an ihn gekuschelt. Den Rest des Abends verbrachten sie noch in der Wohnung, sprachen über Kleinigkeiten und verplanten das Wochenende. Das war das erste Treffen mit Julia, bei dem sie keinen Sex hatten, und nach diesem Abend war Torben auch nicht wieder in die Wohnung gegangen, sondern hatte sie dort nur abgeholt oder abgesetzt. Immer mehr Zeit verbrachten sie bei ihm. Die letzten zwei Wochenenden war sie komplett von freitags nach der Arbeit bis Montagmorgen quasi bei ihm eingezogen. Und es fühlte sich gut an. Verdammt gut sogar. Dafür, dass er sich nie vorstellen konnte, länger mit einer Frau zusammen zu sein, oder gar mit einer zusammenzuwohnen, hatte er jeden kleinen Augenblick mit ihr genossen.

3. Kapitel

Am nächsten Morgen kam Torben nur schwer aus dem Bett, denn nachdem er endlich eingeschlafen war, hatte er das Gefühl, dass direkt danach der Wecker schellte. Nun saß er mit einer frischen, schön dampfenden Tasse Kaffee an seinem Schreibtisch im Büro und versuchte nicht an Julia zu denken.

„Hat Katja heute nicht wieder ihren ersten Tag?"

Torben sah erst zu Gero, dann zu Katjas immer noch verwaistem Schreibtisch und dann auf die große Uhr, die über der Tür hing. Zehn nach acht. Das war fast wieder typisch für Katja, dachte Torben und lachte leicht auf.

Die Tür wurde aufgerissen und der Chef aller Kripo-Abteilungen, Herr Bürgmer, trat herein. „Guten Morgen zusammen." Er sah in die Runde und sein Blick blieb an Katjas leerem Schreibtisch hängen. „Einsatz! Wir haben eine Leiche am Bahnhof. Wo ist Frau Höhne?"

„Die ist noch einmal in die Tiefgarage zurück. Hat wohl vergessen, den Wagen abzuschließen."

Ungläubig sah Herr Bürgmer erst zu Torben, dann zu Gero, aber der zuckte nur die Schultern. „Okay, dann kommen Sie. Sie wird Ihnen ja auf dem Weg zu Ihren Autos begegnen und Sie können sie dort informieren."

„Wo geht's denn hin? Hauptbahnhof?", fragte Gero, während die beiden Männer aufstanden und ihre Jacken nahmen.

„Nein, Pasing. In der Eingangshalle etwas abseits. Die Putzkolonne hat ihn gefunden."

„Ihn?"

„Ja, männlich. Mehr weiß ich auch noch nicht. Fahren Sie drei raus und geben Sie mir sofort Informationen."

Alle gingen auf den Flur. Herr Bürgmer hatte sich schon abgedreht, als er sich noch einmal umsah. „Ach, Herr Eckhard, kommen Sie doch bitte gegen dreizehn Uhr einmal zu mir ins Büro, ich muss etwas mit Ihnen besprechen." Damit verschwand er im nächsten Büro.

„Oha, was hast du verbrochen?" Gero sah Torben besorgt an, aber der zuckte nur mit den Schultern.

„Warum hast du Katja schon wieder gedeckt?" Geros Tonfall klang nicht nur vorwurfsvoll, er war es auch.

„Wieso schon wieder?"

„Weil du das ständig machst. Wenn ihr ein Paar wäret, könnte ich es ja noch verstehen, aber so?"

„Nun mach mal einen Punkt. Du tust je gerade so, als wenn sie ständig etwas Verbotenes macht. Ich bin euer Teamleiter und halte die Hand über jeden von euch. Das würde ich für dich auch tun, und ich weiß, dass ihr das genauso für mich machen würdet."

„Mit dem kleinen Unterschied, dass es bei uns so gut wie nie nötig ist und bei ihr ständig vorkommt."

„Mein Gott, Gero, sie war nun drei Wochen nicht da, lass sie doch erst einmal wieder ankommen."

„Wenn sie denn auftaucht!" Gero öffnete die Tür zur Tiefgarage, wo Katja stand und die beiden erstaunt ansah. „Guten Morgen, Frau Kollegin. Auch schon da?", raunzte Gero sie an und ging zu seinem Wagen. Katja sah ihm irritiert nach.

„Guten Morgen Katja. Einsatz. Leiche im Bahnhof Pasing", begrüßte nun auch Torben sie.

„Wir fahren mit zwei Wagen. Ich fahre alleine!", rief Gero noch, bevor Katja etwas sagen konnte und stieg in seinen Wagen.

„Guten Morgen Torben. Ist Gero sauer auf mich?"

Torben schob sie leicht in Richtung seines Wagens. „Steig erst einmal ein. Gut erholt?" Torben ging um seinen Wagen und stieg selber ein. Erst als sie aus der Tiefgarage fuhren, gab Torben ihr Antwort: „Der Bürgmer war gerade bei uns im Büro und da fiel ihm auf, dass du heute offensichtlich noch nicht an deinem Arbeitsplatz warst." Torben sah kurz zur Seite. Katja wurde sofort leicht rot.

„Und du hast wieder einmal für mich gelogen, und deshalb ist Gero sauer auf mich."

„Wieso wieder einmal?"

„Am letzten Arbeitstag vor meinem Urlaub hatten Gero und ich ein, sagen wir, Streitgespräch. Hat er nichts erzählt?"

Torben schüttelte den Kopf. Deshalb wollte er also auch mit seinem eigenen Wagen fahren.

„Du warst gerade gegangen, als er irgendeinen dummen Spruch abließ. Ich weiß es gar nicht mehr genau. Irgendetwas war an dem Nachmittag vorgefallen, und du hattest wohl mal wieder die Hand über mich gehalten, was Gero wohl aufgestoßen war."

„Das kann ich dir sagen, du warst zwei Stunden mal eben einen Kaffee holen, obwohl dein Schreibtisch brechend voll mit zu schreibenden Berichten war und es abzusehen war, dass du die ohne diese zwei Stunden nicht schaffen würdest."

Torben sah wieder kurz zu Katja rüber, aber sie sagte nichts. „Ich hätte die Tage eh mal ein Gespräch mit dir geführt, da das so nicht weitergeht. Wir sind ein Team, alle drei. Wir unterstützen und helfen uns eigentlich alle gegenseitig. Aber mit dir in der Gruppe klappt das nicht. Gero und ich machen sehr viel deiner Arbeit mit, während du irgendwo stehst und Gespräche führst, ausschläfst oder sonstiges."

Vor einer roten Ampel blieb er stehen, aber er sah nur nach vorne auf die Straße.

„Was hast du denn heute Morgen gesagt?", fragte sie zerknirscht nach.

„Dass du noch einmal in die Tiefgarage bist, da du wohl deinen Wagen nicht abgeschlossen hattest."

„Danke!"

„Keine Ursache. Aber wir sollten nichts desto trotz noch einmal in Ruhe darüber reden." Torben beließ es für den Moment damit. Er war auch sauer auf Gero. Es stand ihm nicht zu, hinter seinem Rücken so mit ihr zu reden und ihm dann noch nicht einmal ansatzweise etwas zu sagen.

Als sie am Bahnhof ankamen, war schon alles abgeriegelt, aber der ganze Platz war voller Schaulustiger. Torben seufzte auf. Wie er diese neugierigen Menschen, die alles mitbekamen und doch nie etwas gesehen hatten, hasste.

Kurz nach halb zwölf waren sie erst wieder im Büro. Sie besprachen kurz die Lage, und Torben teilte die Arbeitsschritte ein. Er selber fuhr dann direkt zu Julia ins Büro.

Von Weitem sah er, dass Alexander ebenfalls von der entgegengesetzten Seite auf das Reisebüro zuging. Auch war er vor Torben da. Er trat ein und ließ provokant die Tür zufallen. Torben schmunzelte leicht. Wie arm muss jemand denn sein, um so ein kindisches Verhalten an den Tag zu legen.

Als er ins Reisebüro trat, begrüßte er zuerst Julias Kollegin, die ihn freundlich anlächelte und ihm zunickte. Julia selber telefonierte und tippte etwas in den Computer. Alexander stand vor ihrem Schreibtisch und wartete offensichtlich geduldig, dass sie endlich auflegte.

Torben ging lässig um den Schreibtisch herum und küsste Julia leicht auf den Mund, die nun doch kurz lächelte und dann weiter telefonierte. Er nahm sich einen ihrer Reisekataloge und blätterte darin herum, bis sie auflegte.

„Ich wollte dich zum Essen abholen, Darling. Ich habe uns einen Tisch beim Chinesen reserviert", begann Alexander, und Torben bemerkte, wie Julia sich sofort anspannte.

Während er den Prospekt zurücklegte überlegte Torben, was er am besten sagen konnte, ohne die Situation eskalieren zu lassen. Aber Julia ergriff schneller das Wort: „Tut mir leid, Alexander, aber ich bin schon zum Essen verabredet."

Alexander verzog missbilligend das Gesicht. „Meinst du nicht, dass wir einiges zu besprechen hätten?"

„Doch, sicherlich, aber das wird warten müssen, bis ich Feierabend habe. Um 16 Uhr mache ich heute Schluss, dann komme ich in die Wohnung. Dort können wir bereden, was es zu bereden gibt."

Alexander atmete geräuschvoll ein und plusterte sich geradezu dabei auf. „Darling, du hast mir die letzten Monate so sehr gefehlt, und diese ganze Situation missfällt mir mehr, als ich in Wort fassen kann."

„Das tut mir wirklich leid, Alexander, aber ich glaube nicht, dass du dir ansatzweise vorstellen kannst, was ich in den letzten eineinhalb Jahren durchgemacht habe. Für mich ist das alles auch nicht einfach, und ich bitte dich nun einfach um Geduld und Verständnis."

„Ich glaube, du verlangst etwas zu viel von mir, wenn du erwartest, dass ich einfach so zusehe, wie du mit diesem Typen ins Bett steigst."

„Oh, da kann ich Sie beruhigen, im Bett machen wir es eigentlich am wenigsten." Es war Torben herausgerutscht, bevor er es rückgängig machen konnte. Das war vermutlich auch sein Problem, warum es bei ihm auf der Karriereleiter nicht weiter voranging. Aus dem Augenwinkel sah er Julias Kollegin schmunzeln, aber ansonsten tat sie weiterhin so, als würde sie von dem ganzen Schlagabtausch nichts mitbekommen.

Alexander bekam leichte Schnappatmung, aber da mischte sich Julia schon ein. Sie stand auf und nahm ihre Jacke. „Torben und ich gehen jetzt essen, Alexander. Wenn du willst, können wir nachher reden, wenn nicht, dann nicht."

Es schien ihm sehr schwer zu fallen, aber er nickte nur, drehte sich dann zur Tür und rauschte davon.

Torben zog Julia in den Arm. „Es tut mir leid, wegen dem Spruch eben, der war mir einfach herausgerutscht."

„Ist schon gut, können wir jetzt sowieso nicht mehr ändern."

Julia wollte sich von ihm lösen, aber er zog sie wieder an sich und küsste sie leidenschaftlich. Nachdem sie zunächst zögerte, erwiderte sie dann doch seinen Kuss.

„Ihr könnt mir einen Wrap mit Tomate und Mozzarella mitbringen, dann brauche ich bei der Kälte nicht selber heraus", meldete sich die Kollegin nun, und Julia löste sich von ihm.

„Machen wir", antwortete Torben, reichte Julia ihre Jacke und zog sie im Arm haltend mit raus.

Auf dem Weg zum Bistro sagte keiner etwas. Sie setzten sich an einen kleinen Tisch in der Ecke und bestellten.

„Ich bin noch immer ganz durch den Wind", gab Julia dann zu.

„Das kann ich mir vorstellen." Tausend Fragen hatte er, aber er wollte sie nicht bedrängen.

„Als er gestern in der Tür stand, dachte ich, ich würde ohnmächtig. Wie selbstverständlich betrat er die Wohnung, als wenn er nur übers Wochenende verreist gewesen wäre."

Der Kellner brachte die Getränke und Julia wartete, bis er wieder weg war.

„Er entschuldigte sich, dass er vorher nicht angerufen hatte, aber er hätte nicht gewusst, was er sagen sollte."

„Wo war er denn die ganze Zeit? Hat er schon etwas erzählt?"

„Angeblich soll er verletzt irgendwo an einer dünn besiedelten Insel angeschwemmt worden sein. Er hatte sein Gedächtnis verloren und die Ureinwohner dort hätten sich um ihn gekümmert. Nach ein paar Monaten wäre er auf die nächste größere Insel und hätte dort auf einer Farm als Hilfsarbeiter gearbeitet und gelebt. Erst vor kurzem sei ihm nach und nach das Vergessene wieder eingefallen und er hätte seinen Vater informieren können, der ihn dann zurückgeholt habe."

„Aha. Und wo war er genau?"

„Ich weiß es nicht. Zum Schluss war er wohl irgendwo auf der Insel Hispaniola."

Die Wraps kamen und sie wandten sich nun denen zu. Großen Appetit schien Julia nicht zu haben.

„Wie geht es dir, Julia?"

Julia sah auf und hatte Tränen in den Augen. Torben hielt den Atem an. Langsam legte sie den Wrap wieder auf den Teller und zog sich ein Taschentuch aus der Tasche.

Auch Torben legte seinen Wrap zur Seite, stand auf und hockte sich neben ihren Stuhl. „Entschuldige, ich wollte dich nicht zum Weinen bringen." Ganz leise und sanft sprach er sie an, dabei strich er ihr leicht über den Oberschenkel.

Julia schnäuzte sich leicht und griff dann nach seiner Hand. „Es ist vielleicht ein wenig obskur, aber im Moment habe ich einfach nur Angst, dich zu verlieren."

Torben fiel ein ganzer Hinkelstein vom Herzen, obwohl er wusste, dass das noch lange nicht eine endgültige Entscheidung sein musste.

„Du bist heute Abend nicht zuhause, oder?", fragte sie flüsternd.

„Nein. Ich bin bei meinen Eltern. Möchtest du doch mit?"

Nun lächelte sie leicht. Torben tätschelte noch einmal ihre Hand und setzte sich dann wieder auf seinen Platz.

„Nein, natürlich nicht. Aber es wäre einfacher für mich, wenn ich notfalls zu dir fahren könnte. Ich weiß ja nicht, was heute noch auf mich zukommt."

Torben griff in seine Jackeninnentasche und holte seinen Zweitschlüssel heraus, den er am Morgen extra eingesteckt hatte. „Ich kann mich nur wiederholen, Julia. Du kannst mich jederzeit anrufen. Sollte ich vielleicht wirklich gerade nicht ans Telefon gehen können, rufe ich dich zurück."

Er reichte ihr den Schlüssel. Erstaunt sah sie ihn an. „Hier, das sind die Ersatzschlüssel von meiner Wohnung. Der eckige ist vom Hauseingang, der runde von der Wohnungstür."

Zaghaft griff sie nach dem Schlüsselsatz.

„Solltest du mich nicht erreichen, fährst du in die Wohnung und wartest dort auf mich." Sanft strich er ihr über die Wange. „Du kennst dich doch da aus. Du hast alles da, was du brauchst."

„Aber deine Wohnung ist auf der anderen Seite der Stadt."

„Ganz so ist es ja auch nicht. Aber zu Fuß ist es zu weit, das stimmt. Dann rufst du dir ein Taxi, falls du mich nicht erreichst." Als sie noch immer zögerte, fuhr er fort: „Oben im Küchenschrank steht doch diese chinesische Teedose. Da ist eigentlich immer etwas Geld drinnen. Heute Morgen habe ich noch 50 Euro reingelegt. Falls du nicht genug Geld mit hast, kannst du das Taxi davon bezahlen, okay?"

Julia schniefte leicht auf und nickte dann.

Torben sah auf die Uhr. Es war schon zwanzig nach zwölf. Julia hatte nur eine halbe Stunde Pause und er eigentlich auch nur. Er gab dem Wirt Zeichen, dass sie zahlen wollten und den mitzunehmenden Wrap brauchten.

Torben zahlte, brachte Julia ins Büro zurück und fuhr selber wieder ins Büro.

Noch mit den Gedanken bei Julia und der gesamten Situation ging er durch die Flure zu seinem Büro. Was hatte Alexander gesagt? Sie hätte ihm die letzten Monate so sehr gefehlt? Angeblich hatte er erst vor kurzem sein Gedächtnis wieder erlangt, wie sollte das passen? War das nur so daher gesagt, um sich bei ihr einzuschmeicheln, oder sagte er über seine Verschollenheit und seinem Gedächtnisverlust nicht die Wahrheit? Torben versuchte die Informationen zu bündeln. Er müsste sich einmal die Unterlagen zum Fall Guthoff aus der Vermissten-Abteilung ziehen.

„Torben, ich muss dich sprechen!"

Angespannt sah Torben auf, obwohl er sofort die Stimme seines Vaters erkannt hatte. „Soweit ich informiert bin, sind wir erst heute Abend zum Essen verabredet. So lange wirst du dich wohl gedulden müssen." Er ging an seinem Vater vorbei und öffnete die Bürotür. Aber sein Vater folgte ihm unmittelbar. Gero sah nur kurz auf und telefonierte weiter.

„Heute Abend, das ist etwas Anderes, etwas Privates. Ich brauche beruflich deine Hilfe."

„Ich bin kein Personenschutz."

Sein Vater stöhnte laut auf und setzte sich ungefragt auf einen der Besucherstühle vor Torbens Schreibtisch. „Der Sohn einer meiner Mandanten wurde festgenommen, und ich komme nicht an ihn ran. Genaugenommen kann ich ihn nicht finden."

„Dann wird das wohl auch seinen Grund haben!" Herausfordernd sah Torben seinen Vater an.

„Ich weiß hundertprozentig, dass er unschuldig ist."

Torben blieb stur sitzen und rührte sich nicht. Es war ein komisches Gefühl, seinen so großen und mächtigen Vater vor sich zu haben, der ihn um einen Gefallen bat. Das war ihm sicherlich schwer gefallen, wiederum fand er seinen Vater recht gefühlskalt, und insofern war es sicherlich alles nur berechnend.

„Juan Gonzales ist von einem deiner Kollegen verhaftet worden. Angeblich soll er eine junge Frau vergewaltigt und dann umgebracht haben." Sein Vater sprach immer leiser und sah prüfend zu Gero rüber, aber der konzentrierte sich gerade voll auf sein Telefonat. Torbens Blick fiel auf den mal wieder verwaisten Schreibtisch seiner Kollegin und stöhnte innerlich auf. Das gab sicherlich noch eine harte Diskussion.

„Und?", fragte er nun gelangweilt und sah seinem Vater in die Augen.

„Er kann es nicht gewesen sein."

Torben zuckte lediglich mit einer Augenbraue.

„Okay. Es geht um einen Samstagabend hier in München. Juan hatte aber mich und seinen Vater von Freitag bis Sonntag nach Spanien begleitet, wo er uns durch die Gegend chauffierte. Er war gar nicht in Deutschland, geschweige denn in München."

„Wann warst du in Spanien?"

„Vor drei Wochen. Es war das dritte Oktoberwochenende."

„Und was hast du dort gemacht?"

„Was spielt das für eine Rolle?" Verärgert sah sein Vater ihn an.

Innerlich amüsierte sich Torben köstlich über diese Situation. „Gar keine. Es interessiert mich halt." Noch immer bewegte sich Torben nicht einen Zentimeter.

Sein Vater raufte sich durch die Haare und schien zu überlegen, was er sagen sollte.

„Wenn du zu lange mit der Antwort wartest, wirst du unglaubwürdig, das weißt du als guter Anwalt doch, oder?"

Sein Vater stöhnte leise auf. „Ich hatte Kontakte zu knüpfen."

„In Spanien?" Torben überlegte. Seine Mutter hatte ihm erzählt, dass sie das besagte Wochenende eigentlich in ein Wellnesshotel fahren wollte, das aber um eine Woche verschoben hatte, da sie das ungeplante plötzliche freie Wochenende zuhause genießen wollte.

„Wie du vielleicht weißt, versucht unsere Kanzlei schon länger an den Gonzales-Clan zu kommen. Sie tätigen immer mehr Geschäfte in Deutschland bzw. mit Deutschland. Mit dem jetzigen Anwalt in Deutschland waren sie unzufrieden. Das wäre ein richtig großer Coup, wenn wir den für uns gewinnen könnten. Wir haben das Wochenende genutzt um Kontakte zu knüpfen. Mein Bekannter ist zwar nur ein ganz kleiner Fisch in dem riesigen Clan, aber er verfügt halt über die gewissen Kontakte und Verbindungen."

Mehr wollte Torben lieber gar nicht hören. Sein Vater kaufte sich ganz offensichtlich in die Maffia-Szene ein. Anders konnte er sich das ganze Theater nicht erklären. Er griff zum Hörer und fragte sich durch. Dabei achtete er stets darauf, dass sein Vater nicht mitbekam, mit wem er in welcher Abteilung sprach.

„Den Gonzales, den ihr da unten habt, ist der falsche Mann. Sein Anwalt ist hier und will seinen Mandanten sehen. Er sagt, dass er das ganze Wochenende in Spanien war."

„Das sagte der Typ hier auch schon, aber glauben tun wir es ihm nicht. Die Beweise sprechen dagegen."

„Welche Beweise?"

„Spermaspuren in dem Opfer!"

„Okay. Und ihr habt Beweise, dass die sozusagen frisch waren und nicht schon 48 Stunden vorher in sie gelangt sein könnten?"

Sein Gegenüber am Telefon war einen Moment still. „Ecki, was soll das? Hast du die Seite gewechselt?", fragte sein Kollege ihn dann.

„Nein, ich möchte euch nur Unnötiges ersparen. Wenn ein renommierter Münchener Anwalt inklusive 24 Stunden vor und nach der Tatzeit selber das Alibi gibt, solltet ihr das wenigstens prüfen."

„Wer?"

„Wo seid ihr?"

„Wer Ecki?"

„Mein Vater!"

Wieder war es still in der Leitung. Dann rutschte seinem Kollegen ein: „Ach du Scheiße!" heraus. „Keller. B6"

„Danke. Ich lasse ihn zu euch bringen."

„Wo ist er?"

„Bei mir im Büro."

„Oh. Okay. Ich warte hier unten."

Torben beendete das Telefonat, stand auf, ohne seinem Vater einen Blick zu schenken und verließ das Büro, um kurz darauf mit einem Praktikanten im Schlepp zurückzukommen.

„Bringen Sie bitte den Herrn Anwalt zu den Verhörräumen im Keller. B6. Der Kollege Zoss erwartet ihn. Damit verließ er direkt wieder das Büro, ohne seinem Vater auch nur die Chance eines Wortes zu gönnen.

Außerdem hatte Torben einen Termin um eins und daher eh keine Zeit mehr. Er ging vorher noch zur Kaffeeküche, aber die Kaffeemaschine war gerade erst angestellt worden und brauchte noch eine Weile. Also machte er sich ohne Kaffee auf den Weg zu seinem Chef.

Etwas irritiert schaute er schon, als er seine Kollegin Katja bei seinem Chef sitzen sah. Sie machte einen angespannten

Eindruck. Als sie Torben sah, stand sie auf und verließ, ohne ein Wort zu sagen, das Büro.

„Was soll das hier?", fragte er etwas garstig seinen Chef, der nun nur entspannt lächelte und auf den Stuhl vor seinem Schreibtisch zeigte.

„Herr Eckhard, kommen Sie näher, setzen Sie sich. Danke, dass Sie sich die Zeit nehmen konnten."

Hatte ich eine Wahl, fragte Torben sich, nickte aber nur stumm und setzte sich.

„Was war heute Morgen?" Herr Bürgmer blätterte in seinem Kalender und sah Torben daher nicht an.

Torben überlegte kurz, was er wohl genau meinen könnte. Ging es in dem Gespräch um Katja, um den Fall heute Morgen doch wohl nicht, oder fragte er, was sein Vater hier gewollt hatte. Er wusste, dass seinem Chef nichts in diesen Abteilungen und Fluren entging.

Torben räusperte sich leicht und entschied sich, den aktuellen Fall anzusprechen. „Wir vermuten ein Eifersuchtsdrama. Zeugen die wir verhört haben, sagten alle das gleiche aus."

„Zeugen? Ich denke eine Putzkolonne hätte ihn gefunden?" Überrascht sah Herr Bürgmer auf.

„Ganz so war es nicht. Die Putzkolonne war vor Ort, als sich das Ganze ereignet hatte. Einer von denen hat dann auch die Polizei gerufen. Der Bahnhof ist um diese Uhrzeit brechend voll. Es muss ganz schnell gegangen sein. Der gehörnte Ehemann, übrigens kein Unbekannter bei uns, Hugo Schubert, war dem Mann gefolgt und in der Halle auf ihn losgegangen. Er hat auf ihn eingeprügelt und ihm schließlich mit einem Messer die Kehle durchgeschnitten."

„Oh, was für eine Sauerei!"

Torben lachte leicht auf. Das war wieder typisch für seinen Chef, dem bei den geringsten Bluttropfen schon schlecht wurde.

„Und dieser Hugo? Habt ihr den schon?"

„Ja, wir haben ihn eine Stunde später festnehmen und verhören können. Er hat gestanden. Wir haben die Staatsanwaltschaft informiert und ihn in Bunker G verfrachtet. Sie haben übrigens einen Kurzbericht per Mail, wie angefordert."

Herr Bürgmer winkte ab. „Ja, habe ich gesehen, bin aber noch nicht zum Lesen gekommen. Tut mir leid. Ich weiß, dass ich mich auf Sie verlassen kann."

Er schlug seinen Kalender zu und legte die Hände ineinander gefaltet darauf. „Ich hatte gestern Abend ein Gespräch mit dem Polizeichef von München. Er hatte um eines dieser turnusmäßigen Treffen gebeten." Er machte eine kleine Pause und sah Torben nun direkt an.

„Ihm war aufgefallen, dass es in der Kripo Abteilungen gibt, die, sagen wir einmal vorsichtig, nicht ganz so erfolgreich arbeiten und Abteilungen, die überdurch-schnittlich viele Fälle haben und noch dazu eine extrem hohe Aufklärungsrate aufweisen."

Torben saß ganz entspannt und wartete ab. Er wusste, dass seine Kripo 3 alles im Griff hatte und alles rund lief.

„Auf die Frage, wie solche extremen Unterschiede innerhalb einer Behörde entstünden, konnte ich ihm nichts sagen. Er bat mich über eine Lösung nachzudenken." Wieder machte er eine Pause und sah Torben immer noch erwartungsvoll an, der dem Blick durchaus standhielt.

„Und was habe ich damit zu tun?"

„Ich möchte Sie um Hilfe bitten."

Innerlich stöhnte Torben auf. Musste denn immer alles zur gleichen Zeit passieren? Im Moment hatte er auch so schon genug um die Ohren. Torben überlegte. Wenn er ihm ein oder zwei Tipps gäbe, käme er vielleicht schnell aus der Sache wieder heraus.

„Die Teamleiter der Kripo-Abteilungen besprechen sich einmal im Quartal. Das ist meines Erachtens viel zu selten. Wir sollten uns alle zwei Wochen treffen und jedem somit die Möglichkeit geben, Hilfestellungen zu geben oder auch anderen Tipps durch den Lerneffekt des Gehörten zu geben. Manche kommen in dem Wust des Schreibkrams um. Dort gibt es viele Möglichkeiten der Vereinfachung, die so mancher noch nicht kennt, oder nicht damit umzugehen weiß. Hier könnte wertvolle Zeit eingespart werden, die dann für Ermittlungsarbeiten genutzt werden und somit die Aufklärungsrate und die Erfolgsstufe der entsprechenden Abteilung steigern könnte."

Erfreut sprang Herr Bürgmer auf und stellte sich hinter seinen Schreibtischsessel. „Sehen Sie, das genau meine ich damit, wenn ich sage, dass Sie genau der richtige Mann für diesen Job sind!"

Bitte? Torben verstand gerade nicht, was hier vor sich ging.

„Ich wusste es schon vorher, aber das Gespräch mit Frau Höhne soeben hat mich endgültig davon überzeugt."

Torben legte den Kopf etwas schräg. „Wenn Sie mich näher informieren, könnte ich mitreden."

Herr Bürgmer lachte laut auf, setzte sich wieder und lehnte sich entspannt in den Sessel. „Ihre Kollegin war bei mir, um sich für ihre Tüddeligkeit in letzter Zeit zu entschuldigen. Sie erzählte mir, dass sie und ihr Lebensgefährte…, Wussten Sie, dass der beim SEK arbeitet?"

Torben nickte nur.

„Hm, ja, natürlich wussten Sie das. Also, die beiden haben wohl im Moment große Probleme miteinander. Er möchte gerne heiraten und Kinder, sie eigentlich auch, hat aber Angst, dass mit dem Job zu vereinen, was er wohl nicht versteht. Er hat wohl den Standpunkt, dass sie zuhause bleiben soll oder so. Auf jeden Fall beichtete sie mir heute Morgen, dass es wohl in letzter Zeit häufiger mal so war, dass sie nicht hundertprozentig gearbeitet hätte und Sie, Herr Eckhard, stets Ihre schützende Hand über sie gehalten haben. Da es aber wohl in der Abteilung und damit meine ich nicht Ihre Kripo 3, sondern die gesamte Kripo, eine gewisse Unruhe gäbe, um es vorsichtig auszudrücken, wollte sie nicht, dass Sie wegen ihr Schwierigkeiten bekämen."

Torben atmete tief ein. Das war doch wohl die Höhe. Was dachte die sich. Warum sprach denn keiner mit ihm? Das gleiche galt für Gero. Das musste er gleich erst einmal klären.

„Nun, wie Sie wissen, entgeht mir so schnell nichts. Dass es ausgerechnet in Ihrer Abteilung offensichtlich einige Probleme gibt, war mir bisher noch nicht aufgefallen. Das wiederum zeigt mir, wie sehr Sie Ihre Leute und Ihre Abteilung im Griff haben."

Herr Bürgmer machte eine kurze Pause und musterte Torben interessiert. „Wie Sie wissen, verlässt Wilhelm Andre uns. Er geht nach Frankfurt. Somit muss die Stelle meines Vertreters neu bestückt werden. In der Vergangenheit war dies nie groß in Beachtung geblieben. Einer der Teamleiter wurde als Stellvertreter des Kripo-Chefs gewählt, hatte aber nur wirklich damit zu tun, wenn dieser ausfiel, was bei meiner Person nie groß ins Gewicht fiel. Hin und wieder mein Jahresurlaub und im Winter noch einmal eine Woche Urlaub, ansonsten war ich immer da."

Er sah Torben an. „Ich möchte, dass Sie die Stelle bekommen."

Oh, dachte Torben nur, und bevor er überhaupt weiter überlegen konnte, sprach Herr Bürgmer schon weiter.

„Diese Stelle hatte bisher nichts zu tun, außer, wenn ich nicht da war, was meist sechs Wochen auf das ganze Jahr verteilt waren, das Notwendigste zu übernehmen. In der Zeit der Vertretung wurde derjenige zwei Gehaltsstufen höher bezahlt. Das war alles. Viel gearbeitet hatten jedoch die wenigsten, das meiste blieb liegen, was ja auch für einen Vertreter okay ist. Aber nun möchte ich den Stellvertreter dazu benutzen, auf alle Teams zu achten. Ich bekomme ja alle Infos von den aktuellen Ermittlungsarbeiten. In Zukunft soll mein Vertreter diese auch direkt bekommen, um die Arbeitsweise zu beleuchten, Probleme in den Abläufen zu analysieren und mit den Kollegen Lösungswege zu finden, damit diese in Zukunft effektiver arbeiten können."

Torben wollte etwas sagen, aber Herr Bürgmer winkte ab.

„Ich habe mir das genau überlegt und auch schon das ‚Okay' vom Polizeichef bekommen. Sie übernehmen den Job, rutschen eine Gehaltsstufe höher. Sie ziehen mit Ihrem Team in den vorderen Bürotrakt, wo bis vor einer Woche noch die Inwro ihre Räumlichkeiten hatten. Dort ist ein großes Büro mit vier Schreibtischen und einem separaten Büro, welches mit Glasscheiben vom Hauptbüro abgetrennt ist, das wird dann Ihres. Hier können Sie dann auch einzelne Gespräche mit den Kollegen aus den anderen Kripo-Abteilungen führen. Außerdem besorge ich Ihnen einen Praktikanten oder so. Keinen Schülerpraktikanten, sondern einen, mit dem Sie auch arbeiten können. Einen im Anerkennungsjahr vielleicht, der Polizeipräsident hatte wohl schon Jemanden vor Augen. Er sagt mir am Montag Bescheid." Herr Bürgmer sah nun Torben herausfordernd an.

„Wie lange habe ich Zeit, darüber nachzudenken?"

Herr Bürgmer lachte, sah auf die Uhr und sagte trocken: „Fünf Minuten."

Frau Koller, seine Assistentin, kam herein und brachte seinen Kaffee. „Danke Frau Koller. Seien Sie doch bitte so gut und bringen unserem Herrn Eckhard auch einen Kaffee." Sie nickte nur, verschwand und kam kurz darauf erneut mit einer Tasse Kaffee zurück. „Danke", murmelte Torben, nahm ihr die Tasse ab und zeigte ihr, dass er alles andere nicht brauchte. „Sehr gerne!"

Als die Tür ins Schloss fiel und sie wieder alleine waren, sah Herr Bürgmer ihn wieder auffordernd an. „Sie sind genau der richtige Mann für diesen Job! Die Kollegen respektieren Sie und Ihre Arbeit jetzt schon in allen Abteilungen, und damit meine ich nicht nur die Kripo."

Torben nahm einen Schluck Kaffee. „Irgendwie habe ich das Gefühl, dass es bei der ganzen Sache einen Haken gibt." Torben sah über die Tasse hinweg zu seinem Chef, der schelmisch seine Mundwinkel zum Grinsen verzog.

„Ich wusste, dass Sie der richtige Mann sind!" Er lehnte sich in den Sessel zurück, nahm die Kaffeetasse auf und trank genüsslich einen Schluck.

„Und? Wo ist der Haken?"

„Der Haken liegt in meiner Person."

Torben zog die Augenbrauen hoch.

„Es weiß keiner, also *hier* weiß es keiner. Der Polizeichef weiß es seit gestern und natürlich meine Frau." Er machte eine kurze Pause.

„Ich habe Probleme mit dem Herzen. Seit Jahren nehme ich Tabletten, aber nun soll ein Herzschrittmacher her. Anfang nächsten Jahres, also in gut drei oder vier Monaten, habe ich die OP. Danach gehe ich erst in die Reha und werde im Anschluss daran drei Wochen Urlaub nehmen, damit ich richtig regeneriert bin. Alles in allem werde ich wohl zwei Monate komplett ausfallen. Das bedeutet dann, dass mein Stellvertreter mich gut vertreten muss und entsprechend viel Arbeit auf ihn zukommt."

„Wieso ich? Wieso nicht zum Beispiel Kallie?"

„Nein, der hat nicht den Überblick und die Weitsicht wie Sie. Und schauen Sie mal, ich bin 58 Jahre. In eineinhalb Jahren gehe ich in die Pension, dann wird dieser Platz neu besetzt. Sie wären doch genau der geeignete Mann dafür."

„Vielleicht will ich das gar nicht."

„Schauen wir mal. Bis dahin ist noch etwas Zeit. Also? Sind Sie mein Mann?"

„Vielleicht sollte ich das wenigstens eben mit meinem Team besprechen." Torben trank in Ruhe den Kaffee aus und stellte die Tasse ab.

„Nein, das ist nicht notwendig. Ihr Team steht hinter Ihnen, das wissen Sie doch genau. Also, was gibt es für Zweifel?"

Torben überlegte. Was sollte es. Arbeit war Arbeit und die Kripo-Abteilung insgesamt konnte dadurch nur besser werden, wenn ein frischer Wind darin wehte. Manche der zehn Abteilungen waren echt eingestaubt. „Okay", sagte Torben nur.

Erfreut sprang Herr Bürgmer auf. „Super! Ich wusste, dass Sie der einzig Richtige für diesen Job sind!" Er kam um den Schreibtisch herum und drückte ihm die Hand.

„Ich lasse für Montag den Umzug organisieren, damit abends die Sachen herübergestellt und Dienstag aufgebaut werden. Mittwoch lasse ich eine Teamleiterbesprechung einberufen, bei der wir die Neuigkeiten kundtun werden."

„In Ordnung. Ich werde zusehen, dass wir Montag im Laufe des Tages alles gepackt bekommen." Damit drehte Torben sich um und ging zur Tür.

„Ach, was wollte eigentlich Ihr Herr Vater vorhin hier?"

Torben schmunzelte und drehte sich noch einmal zurück. „Er fand seinen Klienten nicht, und da erinnerte er sich an seinen Sohn."

„Nun ja, vielleicht werden Sie ja mal Polizeipräsident, dann wird er vielleicht auch anders über Ihren Berufswunsch denken."

Torben zuckte nur mit den Schultern, verabschiedete sich und ging zu seinem Büro zurück. Polizeipräsident, lachte Torben insgeheim. Ja, damit würde er wohl seinen Vater milde stimmen, aber eigentlich war ihm das egal, was sein Vater über ihn und seinen Beruf dachte.

Katja und Gero saßen an ihren Schreibtischen und schauten ihn erwartungsvoll an. Torben schloss die Tür hinter sich und lehnte sich dagegen.

„Zum einen brauche ich euch beiden nicht zu sagen, wie enttäuscht ich darüber bin, dass ihr nicht mit mir über eure Probleme redet, und um das gleich klar zu stellen: Das werde ich in Zukunft nicht mehr dulden. Wenn es Probleme innerhalb des Teams gibt, sprechen wir darüber, gemeinsam. Nur so können wir als Team funktionieren."

Beide setzten an, um etwas zu sagen, aber Torben hob angespannt die Hand.

„Ich bin noch nicht fertig. Unser Team wurde gelobt. Wir haben eine sehr gute Aufklärungsrate und haben stets unsere Arbeit schnell vom Schreibtisch. Innerhalb der Kripo wird umstrukturiert. Das bleibt aber die nächsten Tage erst einmal unter uns, bis es Mittwoch offiziell ausgesprochen wird. Ist das klar?"

Er sah beiden nacheinander in die Augen, die daraufhin nickten.

„Wir werden am Dienstag in das vorderste Büro umziehen. Montag werden wir alles zusammenpacken. Montagmorgen werden uns dafür Kisten gebracht. Abends wird alles von einem Umzugsservice hier im Hause herübergebracht. Dienstagmorgen können wir uns dann dort einrichten."

„Warum sollen wir umziehen?", fragte Gero vorsichtig nach.

„Unser Büro wird zu klein. Wir bekommen wohl noch einen Praktikanten im Anerkennungsjahr dazu, und ich werde das separate Büro beziehen. Herr Bürgmer hat mich auserwählt, ab Mittwoch vermutlich, sein neuer Stellvertreter zu werden."

Gero strahlte plötzlich über das ganze Gesicht. „Wie geil ist das denn? Super, Mann!"

„Ja, schauen wir mal. Der Job wird neu gestaltet und wird nicht nur in Kraft treten, wenn der Chef nicht da ist, sondern eigene zusätzliche Arbeiten bekommen. So soll zum Beispiel den anderen Abteilungen geholfen werden, quasi auf unser Level zu kommen." Torben drückte sich von der Tür ab und ging zu seinem Schreibtisch.

„Glückwunsch", sagte nun auch Katja, dann klingelten die Telefone von Gero und Katja, sodass diese sich wieder ihrer Arbeit widmeten.

Auch Torbens Telefon klingelte, jedoch sein Handy. „Eckhard", meldete er sich streng, da er die Nummer nicht kannte.

„Guthoff. Alexander Guthoff hier."

Torben atmete tief ein. „Was kann ich für Sie tun?"

„Fangen wir damit an, dass Sie meiner Frau nicht weiter nachstellen."

„Aha. Nun, wenn ich mich richtig erinnere, ist es doch so gewesen, dass Sie den Termin zur Trauung nicht wahrgenommen und somit den Anspruch auf Erfüllung verwirkt haben."

Alexander lachte laut auf. „Mein Vater hat mich schon gewarnt, dass Sie einer der harten Cops sind."

Torben irritierte zwar der Ausdruck, aber hier stank alles bis zum Himmel. „Nun, ich denke, in erster Linie ist es Julias Sache, für wen sie sich entscheidet. *Sollte* Julia sich Widererwarten für Sie entscheiden, werde ich das akzeptieren. Entscheidet sie sich aber für mich, wird sie allen Schutz von mir bekommen, den sie vor Ihnen nötig haben wird."

Wieder lachte Alexander selbstgefällig auf. „Ja, so eine ritterliche Haltung habe ich von Ihnen erwartet. Lassen Sie uns einfach in Ruhe!" Damit legte er auf.

Torben überlegte, ob er bei Julia anrufen sollte, aber da klingelte sein Schreibtischtelefon. „Eckhard!"

„Gerichtsmedizin Meier hier. Ecki kannst du mal runterkommen?"

„Warum?"

„Komm doch einfach mal runter!"

„Jetzt sprich."

Der Kollege legte auf. Spinnen die heute alle, dachte Torben, stand auf und ging zur Tür. „Ich gehe mal eben in die Gerichtsmedizin runter", sagte er mehr in den Raum und verließ das Büro.

Im Treppenflur wählte er Julias Büronummer an, die sich auch sofort meldete. „Torben hier. Hey. Ich wollte nur hören, ob bei dir alles in Ordnung ist."

„Ja, ich habe viel zu tun. Das ist alles." Sie klang verunsichert und nicht gestresst. Das setzte ihm zu. Er beschloss, nichts von Alexanders Anruf zu sagen, das würde sie nur noch mehr aufwühlen.

„Okay, dann lass dich nicht aufhalten. Ich wollte dir nur sagen, dass ich gerade an dich denke."

Nun lachte sie leicht auf. „Das ist lieb von dir. Danke. Geht mir auch gleich schon besser."

Aha, dachte Torben nur und öffnete die Tür der gerichtsmedizinischen Abteilung.

„Danke übrigens noch einmal für dein Angebot, Torben."

„Immer wieder gerne, kleine Maus. Melde dich einfach, wenn etwas ist."

„Mache ich. Ciao."

„Ciao!" Torben steckte das Handy wieder ein. „Also, was willst du?", raunzte er den Kollegen Meier an.

„Nicht hier!"

Der Raum war voller Mitarbeiter, die jedoch alle irgendwie beschäftigt waren. Der Kollege Meier ging vor und Torben folgte ihm in die Leichenkammer.

„Du hast ja ein tolles Besprechungszimmer. Ich bin schwer begeistert!", lachte Torben, als der Kollege die Tür hinter ihm schloss.

„Mach dich ruhig lustig. Dir wird das Lachen noch vergehen." Der Kollege schob ihm einen Hocker auf Rollen zu und setzte sich selber auf einen. „Wie du weißt, habe ich Verbindungen in gewisse Kreise."

„Ja, ich weiß, du bist hier nur zur Tarnung bei den Leichen", lachte Torben und rollte mit dem Stuhl zur Tür und wieder zurück.

Der Kollege sog angespannt die Luft ein. „Ecki du weißt, was ich meine!"

„Ja, ich weiß, was du meinst. Und?" Vor dem Kollegen hielt er den Stuhl wieder an.

„Du bist albern."

Torben lachte auf.

„Deinen Vater zieht es, offensichtlich vor lauter Geldgier, in gefährliche Kreise."

Torbens Miene verfinsterte sich schlagartig. „Was weißt du?"

„Der Gonzales-Clan ist nicht nur sehr groß, sondern auch in viele illegale Geschäfte verwickelt. Klar, dass der Reiz da groß ist, dort Anwalt zu sein, mit einem Stundenhonorar, was unsereins nicht in der Woche verdient."

„Da habe ich nichts mit zu tun."

„Bist du sicher?"

„Ja. Mein Vater vertritt schon viele Jahre die Leute, die wir verhaften. Aber das hat nichts mit meinem Beruf zu tun."

„Vielleicht doch."

Torben stöhnte auf. „Sag einfach, was du weißt, dann werde ich auf mich und unsere Dienststelle aufpassen."

„Der Gonzales-Clan ist supergroß. München ist ein beliebter Umschlagsort für die. Viele Firmen haben die hier, vielleicht auch nur zur Tarnung, keine Ahnung. Einen guten Bullen in ihren Reihen zu haben, würde vieles vereinfachen."

„Nicht ich."

„Und wenn eine Frau im Spiel ist?"

Seine Gedanken wanderten sofort zu Julia.

„Mir ist zu Ohren gekommen, dass der Big-Boss aller Bosse des Clans heute Abend in München verweilt, und dreimal darfst du raten, wo er sein wird?"

Torben zuckte die Schultern.

„Bei deinem Vater! Und wer ist dort auch eingeladen?"

Torben atmete tief ein. Daher wehte der Wind. Sein Vater war ja noch viel berechnender als er dachte. „Woher weißt du das alles, Andreas?"

„Du kennst mich Ecki."

Torben atmete tief ein. Andreas Meier hatte viele Jahre Undercover in der Szene gearbeitet. Nun war er für ein halbes Jahr aus Sicherheitsgründen aus dem Verkehr gezogen worden und machte sozusagen Urlaub in der Gerichtsmedizin.

„Das ist noch nicht alles."

Torben sah wieder auf.

„Er bringt seine jüngste Tochter mit. Sie ist Mitte zwanzig, bildhübsch. Sie soll dich wohl gefügig machen. Bestenfalls heiraten. Du weißt schon. Sie ist wohl eine echte Augenweide und eine Herausforderung für jeden Mann."

„Danke!" Torben stand auf und ging zur Tür. „Ich mach's wieder gut!"

„Passt schon. Für dich immer wieder. Du hast eh noch was bei mir gut."

Torben ging langsam wieder nach oben. Das passte alles zusammen. Was sollte er nun machen? Sollte er einfach heute Abend nicht hingehen? Wiederum hatte er nichts zu verlieren und wusste nun, was ihn erwartete.

Als er die Bürotür öffnete, hörte er Gero schon laut fluchen. Sein Gesicht war vor Zorn tiefrot, was selten passierte. Torben sah zu Katja rüber, aber die zuckte nur mit den Schultern.

Gero winkte ihn zu sich und legte auf. „Zweimal am Tag deinen Vater so nah zu haben, ist wirklich anstrengend."

Torben zog die Stirn kraus.

„Einer dieser Jungspunde aus der Kanzlei deines Vaters will Hugo Schubert rausholen. Er behauptet, sein Mandant hätte ein Alibi. Zur besagten Uhrzeit und bereits die Nacht zuvor sei er nicht in München gewesen. Irgendein Zeuge,…"

„Die Kanzlei von meinem Vater?", fuhr Torben dazwischen.

„Ja."

Torben griff zum Handy und rief direkt auf dem Handy seines Vaters an.

„Ich habe keine Zeit. Wir sehen uns doch heute Abend", meldete der sich unmittelbar.

„Einer deiner jungen Anwälte ist gerade in unserem Haus und fordert die Freilassung von Hugo Schubert."

Sein Vater lachte gehässig auf. „Du stehst auf der falschen Seite, mein Sohn. Die Gewinnerseite ist die andere!"

Sauer sog Torben tief die Luft ein. „Hubert Schulz hat den Mann heute Morgen in der völlig überfüllten Bahnhofshalle angegriffen und ihm dann die Kehle durchgeschnitten. Neben ungefähr hundert Zeugen, gibt es in der Halle

Überwachungskameras, die deinen Mandanten filmten, wie er in die Halle und danach mit blutverschmiertem Hemd wieder hinausging. Das Hemd und die Tatwaffe haben wir noch bei ihm in der Wohnung gefunden, mit seinen Fingerabdrücken übrigens darauf. Wie wäre es, wenn ihr eure Arbeit vernünftig macht und ihm eine gescheite Verteidigung bietet, anstatt so einen Scheiß zu fabrizieren."

Sein Vater wollte etwas sagen, aber Torben ließ ihn gar nicht zu Wort kommen.

„Du weißt, wo mein Büro ist und du weißt, wo die Verhafteten bei uns untergebracht sind. Ich brauche ein paar Minuten, bis ich da unten bin. Du solltest die Zeit nutzen, um deinen Amateur da unten abzuziehen, bevor ich ihn in die Mangel nehme. Denn eines kannst du mir glauben: wenn ich mit ihm fertig bin, wirst du mindestens zwei Monate brauchen, um ihn wieder soweit aufzubauen, dass er sich überhaupt traut, die Räumlichkeiten eurer Kanzlei zu verlassen."

Damit legte er auf und gab Gero Zeichen, dass er ihm folgen sollte. Gero sprang sofort auf, lief um den Schreibtisch und verließ das Büro. Torben überlegte kurz, schloss dann hinter Gero die Tür und wandte sich an Katja. „Ich brauche deine Hilfe, Katja."

Sie schaute ihn mit fragenden Blicken an und nickte.

„Kannst du mir alles über die Guthoffs besorgen? Alles was du kriegen kannst. Über Alexander, seinen Alten, die Firma, alles, und das ganze möglichst unauffällig?"

„Natürlich. Aber Alexander Guthoff ist doch tot."

„Nein, er wurde für tot erklärt und weilt nun wieder unter den Lebenden."

„Oh!"

„Ich weiß, dass sich auch andere Abteilungen dafür interessieren könnten, daher möchte ich zuerst alle Unterlagen sichten, bevor die anderen dahinter kommen. Ganz offensichtlich ist es noch nicht ganz offiziell, oder zumindest bekannt, dass Alexander wieder da ist."

Die Tür öffnete sich wieder und Gero steckte den Kopf hinein. „Wo bleibst du?"

„Ich kümmere mich darum", antwortete Katja ruhig.

Torben drehte sich zu Gero und folgte ihm.

4. Kapitel

Angespannt stand Julia an der Bushaltestelle und wartete auf ihren Bus, als ein schwarzer Sportwagen vor ihr hielt und die Fensterscheibe der Beifahrerseite herunterfuhr. Alexander! Sofort spannte sich ihr ganzer Körper wieder an. War das normal? Schließlich hatte sie ihn doch mal geliebt, wieso reagierte sie jetzt so extrem negativ auf ihn. Eigentlich müsste sie sich doch wenigstens freuen, ihn wiederzusehen, dass er lebte, war doch wohl ein Wunder.

„Komm, steig ein. Ich nehme dich mit nach Hause."

Nach Hause! Erst jetzt fiel Julia auf, dass sie diese Wohnung nie als ihr Zuhause empfunden hatte. Sie stieg ein, und noch bevor sie sich angeschnallt hatte, fuhr Alexander auch schon wieder los.

„Und wie war der restliche Arbeitstag? Ich hoffe nicht zu stressig?" Er versuchte sich offensichtlich in Smalltalk, das war untypisch für ihn, schoss es Julia durch den Kopf.

„War ganz angenehm", antwortete sie nur, und dann waren sie auch schon da. Die Wohnung lag eh nur drei Haltestellen entfernt und war mit dem Auto schnell zu erreichen, erst recht, wenn man wie Alexander fuhr.

Es irritierte Julia auch, dass sie sich so gar nichts zu sagen hatten. Das Schweigen, das sie umhüllte, war erdrückend und hing schwer über ihnen. Als sie die Wohnungstür hinter sich schloss, drehte sich Alexander um. Er stand nun ganz nah vor ihr und sah sie prüfend an.

Langsam hob er eine Hand und strich ihr über die Wange. „Du hast mir so unendlich gefehlt. Ich kann dir gar nicht sagen, was für ein Orkan in mir tobt, dass du nun mit diesem Typen zusammen bist. Obwohl ich dich wirklich verstehen kann und Julia, bitte, ich mache dir keine Vorwürfe. Ich will dich einfach nur wieder bei mir haben."

Er kam noch näher, und Julia hatte das Gefühl, nicht weiteratmen zu können. „Sieh mich bitte an, Darling. Ich brauche dich. Ich will dich auch nicht bedrängen. Wenn du etwas Zeit brauchst, kann ich das verstehen, aber bitte, stoße mich nicht weg, sondern gebe mir eine Chance, gib uns eine Chance. Wir wollten doch heiraten!" Ganz leise, fast zaghaft sprach er, beugte sich dann zu ihr hinunter und küsste sie leicht.

Da Julia den Kuss aber nicht erwiderte, wandte er sich wieder ab und ging zum Kühlschrank. Er holte sich eine Cola heraus, nahm sich ein Glas aus dem Schrank, schüttete etwas ein und trank es in einem Zug aus.

Erst jetzt wurde Julia bewusst, dass dies so eine typische Art von Alexander war. Immer erst er! Wenn er versorgt war, konnten sich die anderen bedienen. Torben fiel ihr ein. Für ihn war es stets selbstverständlich gewesen, dass er sich immer erst um ihr Wohl gekümmert hatte.

„Mach dich frisch, wir gehen gleich zu meinen Eltern. Um sechs gibt es Abendbrot. Mein Vater und ich haben danach noch einiges zu besprechen, aber du kannst…" „Ich komme nicht mit!"

„Was?" Angespannt sah Alexander auf.

„Ich komme nicht mit, Alexander!" Sie wusste, dass er es hasste, wenn man ihn in seinem Wirken nicht unterstützte. Aber er reagierte anders als erwartet. Seine Gesichtszüge wurden sanfter.

„Es ist bestimmt alles ein wenig zu viel. Ich werde dich bei meinen Eltern entschuldigen."

Eigentlich hatte Julia erwartet, dass er ihr nun einen Vortrag hielt und sie ruhig aber bestimmend dazu überreden würde, bis sie zustimmte, doch mitzugehen. Julia legte ihre Tasche ab und setzte sich an den Esstisch. „Wie lange hast du dein Gedächtnis schon wieder zurück?"

Er zuckte mit den Schultern. „Ich habe nicht auf den Kalender geschaut. Es kam auch bruchstückhaft zurück. Vor einer Woche wachte ich morgens auf und wusste wieder alles. Daraufhin rief ich meinen Vater an, der sich dann darum kümmerte, dass ich zurückfliegen konnte. Ich hatte ja keine Papiere und so weiter. Du weißt schon."

„Warum hast du mich nicht angerufen?"

„Das habe ich dir schon gesagt, Darling. Ich wusste nicht, was ich dir sagen sollte. Ich hatte auch Angst, dass du damit nicht fertig wirst. Ich stellte mir vor, wie du hier alleine in der Wohnung ans Telefon gehst und die Stimme deines totgeglaubten Mannes hörst. Nicht auszudenken, was hätte passieren können."

„Dein Vater oder deine Mutter hätten mich informieren können." Julia war erstaunt, wie ruhig sie blieb. Dass ihr das ganze so überhaupt nicht nahe ging, irritierte sie. Oder stand sie noch immer unter Schock?

„Meine Eltern waren selber völlig mit der Situation überfordert. Vergiss bitte nicht, dass ich ihr einziges Kind bin, das sie verloren zu haben glaubten. Die beiden hatten wirklich genügend mit sich selbst zu tun. Bitte habe Verständnis für ihre Lage und dass sie nicht sofort an dich gedacht haben."

„Sofort? Was ist denn für dich sofort?"

Alexanders Gesichtszüge spannten sich merklich an. Er kam zum Tisch und setzte sich gelassen auf einen Stuhl an ihrer Seite. „Wenn ich das hier richtig mitbekommen habe, waren meine Eltern dir gegenüber immer sehr freundlich und haben sich fürsorglich um dich gekümmert. Sie haben dich trotz allem hier für kleines Geld wohnen lassen und auch sonst nichts von dir gefordert."

Julia schluckte. Seinen Blick konnte sie nicht zuordnen. Er hatte sich verändert. Er schien nicht mehr der Sunnyboy von Beruf Sohn zu sein, der arglos in den Tag hinein lebte. Dieser Blick hatte etwas Berechnendes.

„Ich war bereits auf der Suche nach einer geeigneten kleinen Wohnung für mich, aber wie du weißt, ist Münchens Wohnpflaster sehr teuer", antwortete sie leise.

„Warum? War dir die Wohnung nicht gut genug?" Gefährlich ruhig und leise sprach er. Das war nicht der Alexander, den sie kannte. Aber nach all dem, was er wohl erlebt hatte, war das vielleicht auch kein Wunder.

„Das war es nicht. Es ist halt alles deins."

Er zuckte angespannt mit einer Augenbraue.

„Jeden Tag wurde ich an dich erinnert. Ich konnte nicht wirklich das Kapitel schließen, du warst ständig präsent und doch nicht da, schlimmer noch, ich dachte du würdest nie wiederkommen."

Nun wurden seine Gesichtszüge wieder ganz sanft und liebevoll. Er legte seine Hand auf ihre Wange und streichelte sie leicht. „Du hast mich vermisst!", raunte er leise.

Julia schluckte. Für ihn musste es sich so anhören, war klar. Und am Anfang war es auch so gewesen, das stimmte. „Es ist viel passiert in der Zwischenzeit", sagte sie fast flüsternd.

„Ja ich weiß. Und ich glaube dir auch, wenn du sagst, dass du durch die Hölle gegangen bist, Darling. Aber jetzt bin ich wieder da."

Angespannt schloss Julia kurz ihre Augen, als im selben Augenblick sein Handy klingelte.

„Ja?", meldete er sich emotionslos.

Julia sah ihn an, aber er stand auf, ging zur Küchenzeile und schüttete sich noch einmal etwas zu trinken ein, während er telefonierte.

„Ich bin doch um sechs sowieso bei dir zum Essen.", hörte sie ihn antworten. Offensichtlich war es sein Vater. „Das weißt du doch nicht erst seit eben. Da haben wir vor Wochen schon mal drüber gesprochen." Alexander stöhnte laut auf. „Ja, okay, ich komme rüber zu dir. Nein Julia kommt noch nicht mit. Ihr geht es nicht gut. Ist ja auch alles etwas sehr viel für sie im Moment."

Julia wollte nicht lauschen, aber ganz offensichtlich hatte er kein Problem damit, dass sie alles mitbekam, sonst wäre er sicherlich zum Telefonieren in sein Arbeitszimmer gegangen und hätte die Tür hinter sich geschlossen, wie er es sonst früher immer getan hatte. Es war angenehm, auch direkt zu hören, wie er sie vor seinem Vater verteidigte und in Schutz nahm.

„Ich komme gleich zum Haus rüber, dann können wir alles Weitere besprechen. Nein, ich glaube nicht, warte mal."

Alexander sah nun zu ihr rüber. „Musst du morgen früh arbeiten, Darling?"

Julia war mit der gesamten Situation überfordert und spürte, wie ihr immer schummriger wurde. Sie nickte nur angespannt. Was sollte das denn nun?

„Pass auf, lass das Gästezimmer fertig machen, ich bleibe über Nacht. Dann können wir in Ruhe alles klären und ich störe Julia heute Nacht nicht, wenn ich nach Hause komme. Nein, sie kann morgen früh nicht mit, sie muss arbeiten. – Nein Vater. Und Ende der Diskussion. Julia ist nicht deine Angestellte und sie hat ihrem neuen Arbeitgeber gegenüber eine Verpflichtung. – Was wir in Zukunft machen, steht jetzt nicht zur Diskussion, und außerdem ist das eine Sache, die nur Julia und mich angeht. Halte dich da raus. – Natürlich ist das mein Ernst. Du hast schließlich zugelassen, dass sie die Firma verlässt, und hättest du dich mehr um sie gekümmert, wäre sie auch diesem Typen nicht in die Arme gelaufen."

Mehr als vorwurfsvoll war der Tonfall, und Julia fand das ganze sehr hart. Im Tonfall, als auch im Wort als solches.

„Bis gleich!" Damit steckte er das Handy wieder weg. Lächelnd kam er zu ihr und kniete sich vor ihr hin. „Du bist ganz blass, Darling. Wie wäre es mit einem Bad? Soll ich dir etwas zu essen kommen lassen? Auf was hast du Appetit? Pasta?"

Er legte seine Hände auf ihre Knie und sah sie liebevoll an. Julia bekam direkt eine Gänsehaut. Die ganze Situation war so irreal. „Ich verstehe wirklich, wenn du sagst, dass du Zeit brauchst. Leider muss ich mit meinem Vater so einiges besprechen. Mach es dir doch gemütlich. Nimm ein schönes Cremébad, ich lasse dir etwas zu essen bringen, entspann den Abend und nutze ihn für dich. Und wenn du etwas brauchst, dann ruf mich einfach an. Andernfalls sehen wir uns morgen Nachmittag wieder hier. Ich bleibe bei meinen Eltern, damit ich dich nicht wecke, wenn ich heute Nacht nach Hause komme. Ist das für dich in Ordnung?"

„Ja. Danke."

„Julia, ich liebe dich. Ich habe dich immer geliebt, und nur du bist der Grund, warum ich zurückgekommen bin. Ich will dich bei mir haben, dich glücklich machen."

Er seufzte kurz, stand dann auf, zückte sein Handy und bestellte ihre Pasta. Hatte sie auf die Essensfrage überhaupt geantwortet? Sie konnte sich nicht erinnern, aber das war wieder typisch Alexander: er bestimmte einfach! Oder sah sie das zu eng? Sorgte er sich einfach nur um sie? Julia brummte der Schädel. Vermutlich war es ganz gut, dass sie heute Abend alleine war und auch Torben keine Zeit hatte, sodass sie sich einfach mal in Ruhe mit der Situation auseinandersetzen konnte.

„Ich muss jetzt los. Das Essen wird dir so gegen halb sieben gebracht. Bis dahin bist du doch bestimmt fertig mit baden, oder?" Er lächelte sie an, drehte sich dann jedoch abrupt um und verschwand im Arbeitszimmer. Kurz darauf kam er mit einer anderen Jacke über dem Arm wieder heraus, gab ihr einen Kuss auf die Stirn: „Bis morgen, Darling!" und verschwand. Noch einen Moment saß sie da, bis sie realisierte, dass sie nun wieder allein in der Wohnung war.

Sie holte sich etwas zu trinken, machte eine CD an, ließ Badewasser ein und genoss den Augenblick, einfach an nichts zu denken. Irgendwann schweiften ihre Gedanken zu Torben ab. Er war so ganz anders als Alexander. Alexander war sicherlich auch sportlich und hatte einen durchtrainierten Körper, aber Torben war einfach maskuliner. Er hatte etwas Männliches und Anziehendes an sich, dem sie nicht widerstehen konnte. Trotz seiner eigentlich sehr dominanten Ausstrahlung gab er ihr das Gefühl von Sicherheit und vor allem Geborgenheit.

Ihre Gedanken gelangten zurück zu dem Abend, als sie sich kennenlernten. Melanie hatte einen neuen Job bekommen, und das wollten sie abends feiern. Sie waren mexikanisch essen gegangen, und der Abend war seit langem mal wieder richtig entspannt und lustig. Gibbelnd hatten sie das Lokal weit nach zweiundzwanzig Uhr verlassen. Draußen schlenderte gerade Torben vorbei. Er war ihr direkt aufgefallen. Er sah ebenfalls schmunzelnd zu ihnen herüber, dann trafen sich ihre Blicke. Sofort kribbelte es wieder in Julias Bauch, als sie nur daran dachte.

Er ging weiter, und auch die Gruppe setzte sich in Bewegung. Schon nach kurzem Weg holten die Mädels ihn ein, und sie gingen ein Stück des Weges gemeinsam.

„Na, gab es etwas zu feiern?", sprach er sie dann an, und so kamen sie ins Gespräch.

Sie kannte ihn überhaupt nicht, aber sie fühlte sich so zu ihm hingezogen, dass sie nicht widerstehen konnte. Kurz darauf verabschiedete sie sich spontan von den übrigen Mädels und spazierte einfach weiter mit Torben durch die Nacht. Es war berauschend! Sie fühlte sich, als wäre sie auf Drogen. Irgendwann drehte sich Torben zu ihr und blieb stehen. Eine gefühlte Ewigkeit standen sie nur da und sahen sich an, bis er sie langsam an sich zog, sich herunterbeugte und sie küsste.

Noch nie in ihrem Leben war Julia so geküsst worden. Die Welt um sie herum hörte auf sich zu drehen, sie nahm nichts mehr wahr, nur noch Torben, der sie langsam enger an sich zog und den Kuss immer leidenschaftlicher werden ließ.

„Du machst mich wahnsinnig, Julia", raunte er ihr ins Ohr, und sie konnte nur leise aufstöhnen.

„Ich will dich!", hatte er ihr dann erregt, aber nicht drängend ins Haar geflüstert und sie wollte ihn auch. Am liebsten sofort.

„Zu dir oder zu mir?", fragte er und führte sie küssend zum Taxistand.

Aber Julia war so überwältigt von diesem Mann, der ganzen Situation, dass sie gar nicht klar denken, geschweige reden konnte. So sagte Torben dem Taxifahrer seine Adresse und sie fuhren los.

Kaum saßen sie im Taxi, da waren sie schon fast ineinander verschmolzen. Und das ihr, die stets alles so akkurat und mit Bedacht abwiegelte!

Sie wusste nicht mehr, wie sie es aus dem Taxi bis in seine Wohnung geschafft hatten, aber die Tür war noch nicht ganz ins Schloss gefallen, als sie schon ausgezogen waren.

Julia seufzte. Er war so ein fantastischer Liebhaber, und trotz aller Erregung achtete er stets darauf, dass sie sich wohlfühlte und erst, nachdem sie zum Höhepunkt gekommen war, kam auch er.

Schmunzelnd rutschte Julia tiefer ins Wasser und dachte weiter an den besagten Abend.

Zärtlich strich er ihr eine Strähne aus dem Gesicht, grinste sie dabei an und sagte dann. „So etwas habe ich noch nie erlebt."

Noch immer befand er sich tief in ihr, ihre Beine waren um ihn gewickelt und er drückte sie leicht an die Wohnungstür. „Und noch nie habe ich das verdammte Kondom vergessen!" Er lachte auf und küsste sie erneut. „Es tut mir leid, kleine Maus." Langsam ließ er sie runter.

Schwer atmend kuschelte sie sich an seine Brust und er zog sie fest an sich. „Ich nehme die Pille", hatte sie nur gehaucht.

„Komm erst mal rein. Möchtest du etwas trinken?"

„Ein Wasser bitte. Wo ist dein Badezimmer?"

Gefühlte tausend Küsse hauchte er ihr auf den Hals und führte sie dabei zur Badezimmertür, öffnete diese und schob sie dann hinein.

Splitterfasernackt war sie und es machte ihr nichts aus. Es war ein ganz neues Gefühl von Freiheit. Auch als sie danach wieder zu ihm ging, fühlte sie sich völlig entspannt.

Cool stand er in seinem Adamskostüm an die Küchenzeile gelehnt und reichte ihr das Glas Wasser entgegen. „Geht es dir gut?", fragte er leise.

Sie nickte, und er zog sie direkt wieder in seine Arme. „Ich muss zu mir. Um sechs Uhr schellt der Wecker", sagte sie leise, obwohl sie alles andere als von ihm weg wollte.

„Schlafen kannst du auch hier." Er beugte sich zu ihr, küsste sie und führte sie dann ins Schlafzimmer. Die Möbel waren modern, aber alles war so warm eingerichtet, was sicherlich die ganzen Naturholzmöbel ausmachten.

„Ich weiß gar nichts von dir", hatte sie dann lachend festgestellt, als sie sich in sein großes Bett kuschelten.

„Was willst du denn wissen?"

„Wie heißt du? Ich meine außer Torben."

Er lachte auf. „Nur Torben, aber du meinst sicherlich mit Nachnamen - Eckhard." Er hatte sich auf sie gerollt und ihr in die Augen geschaut. „Ich bin 32 Jahre, Single und von Beruf Polizist. Was willst du noch wissen?"

Dabei liebkoste er mit seinen Lippen zärtlich ihr Dekolletee bis zu ihren Brüsten, sodass Julia gleich wieder auf Wolke sieben schwebte.

„Du bist Polizist?"

„Ja, Kripo. Sollte ich deinen Namen besser nicht wissen?" Schelmisch lachte er sie an und bevor sie antworten konnte, hatte er sie schon wieder in Fahrt gebracht.

Irgendwo schellte ihr Handy, und erst jetzt fiel Julia auf, dass das Wasser langsam kalt wurde. Sie stieg aus der Badewanne, warf sich das große Badelaken über und ging in die Wohnstube an ihr Handy. „Ja", meldete sie sich nur und musste feststellen, dass ihre Stimme belegt klang, sich sogar erregt anhörte. Wie peinlich!!!

„Torben, hier." Er klang etwas verwirrt. „Störe ich?"

„Ähm, nein, wie kommst du darauf?", stammelte sie verlegen.

„Nun, ich habe dein Telefon fast tausendmal klingeln lassen müssen und dann hörst du dich…", er räusperte sich leicht, „sagen wir mal belegt an."

Nun lachte sie auf. „Ich war gerade in der Badewanne und habe das Handy nicht gehört. Es lag auch auf dem Ess-Tisch, daher brauchte ich so lange."

Nun lachte Torben ebenfalls. „Bist du alleine?"

„Ja."

„Du hörst dich so schön entspannt an."

„Ich habe gerade an unsere erste Nacht gedacht."

„Mhm", schnalzte Torben genüsslich. „Ich muss gleich los, wollte eigentlich nur kurz vorher deine Stimme hören und mich vergewissern, dass es dir gut geht. Jetzt aber muss ich wohl noch mal kalt duschen gehen." Er lachte laut und Julia wurde gleich wieder ganz warm und ja, sie musste zugeben, alleine das Gespräch erregte auch sie sehr.

„Ich wünsche dir einen entspannten Abend, kleine Maus", raunte er nun leise.

„Danke. Ich werde mich heute Abend ein wenig mit der Situation auseinandersetzen."

„Alleine?"

„Ja, Alexander musste zu seinen Eltern, und er bleibt dort mir zuliebe über Nacht."

„Dir zuliebe?"

„Ja, es ist alles sehr viel auf einmal gewesen und er schwört, mich noch zu lieben, aber er sieht ein, dass ich Zeit brauche. Und außerdem muss ich morgen früh arbeiten, und da will er mich nicht wecken, wenn er nachts zurückkommt."

„Was soll ich jetzt sagen?"

„Nichts Torben. Ich wünsche dir einen angenehmen Abend bei deinen Eltern. Telefonieren wir morgen?"

„Natürlich. Willst du dich melden?"

„Ja, aber ich muss bis vierzehn Uhr arbeiten. Es wird also später werden."

„Kein Problem. Wie es dir passt. Ich denke an dich."

„Danke für deinen Anruf, Torben. Bis morgen."

„Bis morgen." Julia legte das Handy wieder auf den Tisch. Sie konnte das Gefühlschaos, das in ihr tobte, nicht beschreiben. Sie sehnte sich nach Torben, nach seiner Berührung und seinen Liebkosungen.

Plötzlich hörte sie das Türschloss und Alexander öffnete die Tür. Überrascht sah er sie an. Sein Blick wanderte über ihren Körper und sie hatte das Gefühl, dass er durch das

Handtuch hindurchsehen konnte. Sie spürte, wie ihr die Röte ins Gesicht stieg.

„Entschuldige, ich habe nur mein Ipad vergessen." Langsam schob er die Tür hinter sich zu, ging in sein Arbeitszimmer und ließ sie dabei nicht aus den Augen, bis er nebenan verschwunden war.

Julia atmete tief ein. In dieser Situation kam alles wieder hoch. Dieser verlangende Blick von Alexander ließ sie natürlich auch nicht kalt. Schließlich stand sie hier fast nackt. Aber komischerweise war es ihr nicht unangenehm, und das irritierte sie nun doch.

Als er mit dem Ipad in der Hand wieder aus dem Arbeitszimmer kam, trat er langsam zu ihr. Ganz nah blieb er vor ihr stehen. „Du tropfst hier alles voll, Darling. Ist dir das nicht zu kalt?" Dabei strich er sanft eine Strähne aus dem Gesicht.

„Nein,… doch,… ich wollte gerade…" Sie atmete tief ein. „Das Telefon hatte geklingelt."

Alexander nickte leicht. „War es wichtig?" Langsam strich er mit den Fingern über ihre Haarsträhne und dann weiter über ihre Schläfe zum Hals bis zum Dekolleté.

„Es war Torben", antwortete sie nur.

Wieder nickte er nur leicht. „Also war es für dich wichtig." Er sah ihr direkt in die Augen. Er wirkte sehr verständnisvoll. Dann zog er sie an sich und küsste sie. Sanft und doch bestimmend. „Ich liebe dich, Julia." Dann ließ er sie los und verschwand wieder.

Julia zitterte am ganzen Körper. Sie griff zur Seite zum Stuhl und setzte sich. Was ging hier nur ab?

5. Kapitel

Torben fuhr langsam über den Kiesweg die Einfahrt zum Haus seiner Eltern hinauf. Fast zehn Wagen zählte er. Am und um den Wagen sah er außer dem Sicherheitsdienst seiner Eltern einige bullenartige Security stehen, die sich extrem von den unscheinbaren Sicherheitsleuten seiner Eltern abhoben. Schwarz gekleidet, die Waffe sichtbar.

Er parkte seinen Wagen und stieg langsam aus. Die Sache fing an, ihm Spaß zu machen, und er wusste noch nicht einmal warum. Entgegen seiner sonstigen Kleidung, Jeans und Hemd, hatte er heute eine anthrazitfarbene Anzugshose angezogen. Dazu trug er ein cremefarbenes Hemd mit Krawatte!!! Wenn schon verkleidet, dann richtig, hatte er sich gedacht und nun wusste er, dass es die richtige Entscheidung gewesen war.

Langsam ging er auf die Eingangstür zu. Einer der Bulldozer dort plusterte sich gerade auf und machte Anstalten, sich ihm in den Weg zu stellen. Bevor Torben jedoch etwas sagen konnte, rief von weiter links jemand etwas auf Spanisch, und der Bulldozer wich direkt zur Seite. Torben grinste leicht. Was für Marionetten! Wenngleich er auch wusste, wie gefährlich sie werden konnten.

Auch in der Eingangshalle befanden sich neben dem üblichen Personal noch einige bulldozerähnliche Wesen. Torben grüßte das Personal seiner Eltern und ging direkt in den Salon.

Wow, dachte Torben und sah sich um. Sein Bruder Ben hatte seine Freundin Sandra neben sich, das alleine war schon etwas Besonderes, da er sie eigentlich nie irgendwo mit hinnahm. Das gleiche galt für seine Schwester, die mit einem Kollegen aus der Kanzlei etwas abseits stand. Wobei Torben überlegte, ob sie je erwähnt hatte, dass sie liiert war. Egal, dachte Torben und ging auf seine Mutter zu.

Zwei Schritte, bevor er bei ihr war, trat sein Vater zwischen sie beide und begrüßte ihn. „Torben, schön, dass du es einrichten konntest."

„Vater! Wir hatten ja heute schon die Ehre. Du erlaubst?" Freundlich, aber bestimmt, schob er ihn auf Seite und nahm seine Mutter in den Arm. „Hallo Mama. Wie geht es dir?", flüsterte er ihr ins Ohr. Erleichtert drückte sie sich fest an ihn.

„Jetzt, wo du da bist schon viel besser."

Er löste sich leicht von ihr und sie strahlte ihn an.

„Das lobe ich mir. Das genau ist die richtige Einstellung!" Torben sah zur Seite, und ein kräftig gebauter Mann im Alter seines Vaters stand neben ihm. „Entschuldigen Sie, darf ich mich vorstellen: Gonzales. Riont Gonzales. Nur wenige Männer wissen die Wichtigkeit der Frau Mama zu schätzen. Wenn ich das sagen darf, Sie sind mir jetzt schon sympathisch." Er streckte ihm die Hand entgegen und Torben erwiderte den Handschlag.

„Angenehm. Torben Eckhard."

„Und das sind meine Frau, Sarah Gonzales, und meine Tochter Viola…" Er drehte sich um und streckte die Hand nach einer wahren Schönheit aus. „Meine Tochter Viola", wiederholte er und zog sie zu ihnen in die Gruppe.

Torben begrüßte die beiden Frauen und sah zu seinem Vater. Dieser schien mehr als begeistert von diesem Auftaktspiel zu sein, und er musste zugeben, dass Andreas nicht übertrieben hatte. Viola sah aus wie eine Göttin. Ihre pechschwarzen langen Haare fielen glatt über ihre Schulter. Das Haar lag auf ihren durchaus üppigen Brüsten. Das weiße Kleid war wie eine zweite Haut und betonte mehr ihre Kurven, als es sie verdeckte. Ihre Haut war sonnengebräunt und schimmerte fast golden. Ihr Gesicht war einfach, aber ihr Ziel nicht verfehlend, geschminkt. Ihr ganzes Auftreten verdeutlichte, weniger ist mehr, und entsprechend zurückhaltend gab sie sich.

Der Abend verlief verhältnismäßig entspannt und locker. Man unterhielt sich über Sport, spanische Urlaubsorte und sonstige unverfängliche Themen. Viola flirtete dezent aber gezielt bei jeder sich ergebenden Situation mit Torben, der sich überlegte, inwieweit sie wohl eingeweiht war. Vermutlich weit. Sie wusste, dass sie ihn einfangen und vielleicht sogar ehelichen sollte.

Nach dem Essen fanden sich alle in der Bibliothek wieder ein, und irgendwann ergab es sich, dass Torben mit seiner Mutter alleine am Kamin stand.

„Was für eine Show!", stellte Torben lachend leise fest, und seine Mutter sah ihn fragend an.

„Ich nehme an, dass du nicht eingeweiht bist, Mama?"

„Nicht wirklich. Dein Vater meinte, dass diese Leute beruflich sehr wichtig wären und er sie gerne für seine Kanzlei gewinnen wollte. Daher dieses Essen und Treffen."

„Nun, das stimmt ja wohl auch."

„Du siehst so elegant aus, mein Sohn. So kenne ich dich gar nicht." Sie lächelte ihn dabei entspannt an.

„Ich war neugierig auf dieses Spiel. Erst recht, nachdem ich die Hintergrundinformationen hatte."

„Die da wären?" Seine Mutter sah durch den Raum. Alle standen in Grüppchen zusammen.

„Ziel des Abends ist, dass ich dieser Viola ins Netz gehe und sie bestenfalls eheliche. Damit dieser Clan eine gute Verbindungstür ins Polizeipräsidium bekommt."

Entsetzt sah seine Mutter ihn an. Aufmunternd lächelte er sie an.

„Behalte dein Wissen besser für dich, Mama. Sonst wirst du nur von Vater mit hineingezogen."

In der Tat war seiner Mutter sämtliche Farbe aus dem Gesicht gewichen. Sie drückte ihm ihr Weinglas in die Hand, entschuldigte sich und ging nach oben. Im Grunde tat es ihm leid, dass er ihr den Abend verdorben hatte, aber er wollte sie lieber aus dem Verkehr gezogen sehen.

Riont Gonzales trat neben ihn. „Ihrer Frau Mutter schien es nicht gut zu gehen."

„Ja, ganz plötzlich wurde ihr übel. Sie bittet um Entschuldigung, aber sie wollte sich lieber kurz hinlegen."

„Selbstverständlich. Sie haben so eine entzückende Frau Mama."

Sein Blick wanderte durch den Raum und blieb bei seiner Tochter hängen, die sich mit Torbens Schwester, beziehungsweise mehr mit deren Begleiter unterhielt. Man konnte fast den Eindruck haben, dass sie flirtete, was wohl auch Riont nicht verborgen blieb, denn er verzog leicht das Gesicht.

„Sind Sie eigentlich liiert? Soweit ich das verstanden habe, sind Sie nicht verheiratet, oder? – Viola!"

Viola zuckte sofort schuldbewusst zusammen und kam direkt zu ihrem Vater.

„Nein, verheiratet bin ich nicht."

„Aber?"

Viola trat neben sie und widmete sofort ihre ganze Aufmerksamkeit Torben.

„Kein Aber", antwortete Torben nur ruhig und zeigte dem Personal, dass er noch ein Wasser wollte.

„Wie mir Ihr Vater erzählte, sind Sie nicht der beruflichen Laufbahn Ihrer Familie gefolgt?"

Torben lachte. „Nein, bin ich nicht. Mein Vater war auch nicht mit meiner Berufswahl einverstanden."

„Die da wäre?", fragte Viola zuckersüß.

„Polizist. Bei meinem Vater würde ich vermutlich erst wieder im Ansehen steigen, wenn ich Polizeipräsident werden würde."

Laut und rau lachte Riont Gonzales auf, sodass sich gleich alle zu ihnen umdrehten. Sein Vater schien ausnahmsweise einmal mit ihm zufrieden zu sein, dachte Torben und schmunzelte.

„Sie sehen gar nicht aus wie ein Polizist", säuselte Viola.

„Wie sieht denn Ihrer Meinung nach ein Polizist aus?" Er sah ihr direkt in die Augen und musste wieder feststellen, dass diese Frau ihn völlig kalt ließ. Schön war sie, das stimmte. Eine

Augenweide allemal, aber selbst wenn er Single wäre, und noch lange hatte er den Kampf um seine Julia nicht aufgegeben, würde er diese Frau nicht mit der Kneifzange anfassen.

Noch über eine Stunde ging das Theater weiter, dann verabschiedete sich Torben von allen.

„Ich hoffe, wir treffen uns mal wieder", sagte Riont Gonzales zu ihm und reichte ihm die Hand. „Ich muss zugeben, dass dieser Abend ohne Sie vermutlich sehr steif und langweilig geworden wäre."

Torben lachte.

„Wir sind noch das ganze Wochenende in München. Haben Sie nicht vielleicht Lust, uns morgen Nachmittag zu begleiten? Ihr Herr Vater hat uns zu einem, wie heißt das? Liga-Eishockey-Spiel?, eingeladen. Es wäre wirklich schön, wenn Sie uns begleiten würden."

Torbens Vater trat dazu. „Willst du schon gehen, mein Sohn?"

„Ja, es ist spät."

„Ich habe gerade Ihren Sohn gefragt, ob er uns morgen Nachmittag nicht begleiten möchte."

„Das ist doch eine tolle Idee, Torben. Was sagst du? Komm doch mit."

VIP-Karten beim Eishockey! Die Verlockung war ja schon groß. „Nein danke. Ich bin ja auch gar nicht eingeplant."

„Hast du denn dieses Wochenende Dienst?"

„Nein, das nicht, aber andere Termine."

„Vielleicht überlegen Sie es sich ja noch und können es sich kurzfristig doch einräumen. Ich bin mir sicher, dass Ihr Vater das Einrichten könnte, dass Sie uns begleiten."

Ich mir auch, dachte Torben und sah weiter hinten Viola wieder mit Corinnes Begleiter stehen. Sie schien sich mit ihm gut zu amüsieren. Riont Gonzales folgte seinem Blick und atmete tief ein. Vermutlich um die Beherrschung zu bewahren.

Torben drehte sich ab und hob noch einmal kurz zum Gruß die Hand. „Einen schönen Abend noch allen!"

Zuhause ging Torben gleich ins Bett. Es war inzwischen weit nach Mitternacht. Noch einmal kontrollierte er das Handy, aber Julia hatte nicht angerufen.

Schwer seufzend ließ er sich in die Kissen fallen und dachte an das Telefonat zurück. Sie war schon etwas ganz besonderes. Nicht auszudenken, wenn sie sich doch für Alexander entscheiden würde. Ganz egal, was zwischen ihnen beiden war, sie stand mit Alexander kurz vor der Hochzeit! Das war schon etwas mehr, als er auffahren konnte. Mit den Gedanken bei Julia schlief er ein.

Brummig stöhnte er auf, als das Telefon ihn weckte. „Eckhard", knurrte er ins Telefon und sah dabei auf den Wecker. Es war tatsächlich schon neun Uhr.

„Katja hier. Kommst du ins Büro?"

„Nein!"

„Doch!"

Torben stutze. Was sollte das werden? Dann legte sie einfach auf. Hallo? Was würde das denn werden? Hatte er irgendetwas verpasst? Langsam schälte er sich aus dem Bett und ging unter die Dusche. Nach und nach wurde er wacher.

Was wollte Katja? Wieso war sie im Büro? Nachdem er ihr gestern den Auftrag gegeben hatte, die Guthoff-Akte zu besorgen, hatte er sie nicht mehr gesehen. Wollte sie ihn deshalb im Büro haben? Plötzlich war Torben hellwach. In Rekordzeit zog er sich an und fuhr ins Büro.

„Guten Morgen", begrüßte Katja ihn lächelnd.

Torben hob mahnend die Hand. „Mach das nie wieder!"

„Was genau?"

„Einfach auflegen!"

Nun lachte sie schallend und ihr langes blondes Haar wehte dabei geradezu um sie herum. Noch nie hatte er sie mit offenem Haar gesehen. Eigentlich trug sie stets einen Zopf.

Aber es stand ihr außerordentlich gut, es machte sie so feminin. Torben atmete tief ein. Was sollte das denn nun?

„Also?"

„Setz dich, ich habe uns belegte Brötchen mitgebracht und hole uns noch eben frischen Kaffee." Sie stand auf, zeigte auf ihren Stuhl und auf die vor ihr ausgebreiteten Akten auf dem Tisch, dann verließ sie das Büro.

Torben setzte sich und fing an zu lesen. Das meiste kannte er und so übersprang er die ersten Seiten. Ganz offensichtlich wurde es erst weiter hinten interessant. Sein Blick fiel auf den Monitor. Mehrere Seiten hatte Katja dort geöffnet, da kam sie auch schon mit Kaffee beladen zurück ins Büro. Sie zog sich einen der Besucherstühle heran und setzte sich neben ihn.

Als das Telefon auf seinem Schreibtisch schellte, war er etwas überrascht. Er holte sich das Gespräch auf Katjas Apparat und ging dran. „Kripo München, Eckhard!"

„Auch Eckhard. Warum bist du im Büro?"

„Warum rufst du hier an?"

„Habe den falschen Knopf gedrückt und wollte gerade auflegen, als ich das gemerkt habe. Was ist jetzt mit heute? Kommst du mit uns mit?"

„Nein."

„Torben, ich würde dich nicht bitten, wenn es für mich nicht wichtig wäre."

„Es geht immer nur um dich und deine Bedürfnisse. Also lass gut sein."

„Sei doch nicht so verdammt stur. Es soll doch dein Schaden nicht sein!"

Torben biss in das Brötchen und sah dabei zu Katja, die nur schmunzelnd ebenfalls in ihr Brötchen biss.

„Was hältst du von Viola?"

„Nichts!"

Sein Vater lachte laut. „Ich bitte dich, Torben. Sie ist so heiß wie eine Göttin."

„Ich bin ja eher der Bodenständigere von uns. Mit Göttinnen habe ich es nicht so."

„Riont war gestern sehr von dir angetan. So jemanden wie dich hätte er gerne als Schwiegersohn, hat er mir zugesteckt."

„Aha!"

„Ich glaube, du kannst nicht ansatzweise erahnen, wie reich der Mann ist, Torben. Geld würde in Zukunft nie wieder eine Rolle für dich spielen."

„Eine besonders wichtige Rolle spielt es eh nicht in meinem Leben. Auch da unterscheiden wir uns gewaltig, Vater."

„Wer genug hat, braucht sich keine Sorgen mehr zu machen. Du bräuchtest dir keine Gedanken mehr machen."

„Lass gut sein, Vater. Wie du weißt, bin ich gut versorgt. Mir reicht das."

Sein Vater seufzte. „Überlege es dir trotzdem. Das Spiel geht um 16 Uhr los. Bis zur letzten Minute kannst du noch nachkommen."

„Danke. Wenn, dann melde ich mich rechtzeitig! Jetzt entschuldige, ich muss arbeiten."

„Ich denke du hast keinen Dienst."

„Tschüss Vater!" Damit legte er auf. „Also? Fass mal zusammen, was du gefunden hast."

Katja lehnte sich vor und klickte mit der Maus auf dem Bildschirm. „Vermisst, Suche, bla, bla, bla. Vier Monate lang jeden Tag Anrufe, Besuche,… Hier sind die ganzen Aufzeichnungen. Dann plötzlich nichts mehr. Parallel lief bei der Steuerfahndung ein Verfahren gegen die Guthoffs."

„Gegen wen genau?"

„Erst gegen alle. Sind ja irgendwie alle Firmenbesitzer."

„Auch die Mutter?"

„Ja, die auch. Das Interessante ist, dass sie einen Zweig besitzt, der uns, mir zumindest, so nicht bekannt war. Sie hat eigene Ressorts, also Hotelanlagen."

„Ich dachte, die vermitteln nur."

„Denken wohl die Meisten. Aber dieser Zweig gehört ausschließlich ihr. Auf ihren und den Namen des Sohnes gibt es Ressorts in verschiedenen Ländern. Aber alles managet wohl der Alte."

„In welchen Ländern?"

„Überall verstreut. Australien, Kuba, Thailand, Hawaii."

„Oh", stieß Torben aus und konnte sich nun auch den Reichtum erklären, denn während Katja die Orte aufzählte, klickte sie mit der Maus auf die Ressorts, das waren alles First-Class-Anlagen.

„Moment, Hawaii?"

„Auch. Und schau mal, zufällig einen Monat, nachdem der alte Guthoff hier aufgehört hat, alle zu nerven, hat er zufällig auf eine der Inseln ein neues Ressort eröffnet."

„Vielleicht ist er bei der Suche nach seinem Sohn darüber gestolpert. Er war ja viel selber da drüben und hat die Suche vor Ort selbst geleitet."

„Jedes Ressort hat einen Leiter oder Geschäftsführer, oder wie man auch immer dazu sagt. Dieses…" Sie klickte auf ein neues Fenster, und es öffnete sich ein Ressort mit vielen kleinen Luxushütten am weiten weißen Strand. „Dieses neue leitet seit Guthoffs Übernahme ein Poino Dura."

„Und?"

„Poina heißt übersetzt ‚vergessen' und Dura ist ein kleines Küstengebiet weiter nördlich dieser Inselgruppe."

Torben sog tief die Luft ein. >du hast mir die letzten Monate so sehr gefehlt<, fielen ihm Alexanders Worte in Julias Büro wieder ein. Sollte das wirklich sein, dass er nicht nur lebte, sondern schon nach wenigen Monaten seine Identität wusste und …

„Gibt es ein Bild von ihm auf der Seite?"

„Nein. Kurioserweise nicht. Auf allen anderen Seiten gibt es Bilder von Mitarbeitern und Ansprechpartnern. Hier auch, aber nicht von dem Leitenden. Auch sonst alle Bilder, die dort hinterlegt sind, sind sauber. Logischerweise."

„Aber?"

„Aber, dank Internetsuchmaschine habe ich private Fotos von diesem Ressort gefunden." Wieder klickte sie eine hinterlegte Seite an. Feiernde Leute waren zu sehen, aber kein Alexander, bis sie eines der Bilder vergrößerte. Weiter hinten war der Barbereich zu sehen, und Alexander in Lebensgröße mit Ressortmitarbeiterbekleidung stand dort.

„Wann war das?"

„Oktober letzten Jahres."

„Okay. Er hatte Julia erzählt, dass er nach ein paar Monaten auf einer Farm oder so gejobbt hatte. Das beweist nun nicht gerade, dass er zu diesem Zeitpunkt sein Gedächtnis schon zurück hatte."

Katja scrollte das Bild höher und zeigte auf das Namensschild: Manager Poino Dura.

Torben bekam Herzklopfen. Arme Julia. Was würde sie durchmachen, wenn sie das erfuhr? Er musste vorsichtig sein. Am besten wäre es für ihn, wenn das jemand anderes publik machen würde.

„Ich habe mir die Telefonlisten des alten Guthoffs angesehen."

„Wo hast du die her?"

„Die von der Steuerfahndung haben sie abgespeichert. Genau an dem ersten Tag, an dem wir keinerlei Anrufe mehr von dem Alten bekamen, hatte er einen Anruf von dieser Insel! Komischer Zufall, nicht?"

Torben ließ sich in den Stuhl zurückfallen und starrte den Bildschirm an. „Was ist aus dieser Steuersache geworden?"

„Eingestellt."

„Wie?"

„Es wurde glaubhaft dargestellt, dass Alexander das Geld veruntreut hatte, und da er als vermisst galt, wurde es seinerzeit als schwebendes Verfahren eingestuft. Mit der Erklärung über den Tod wurde das Verfahren dann ganz eingestellt, denn Tote können ja nicht mehr belangt werden. Der Alte hat die Steuerschuld beglichen, mit Strafgebühren und so weiter, damit war die Sache für die Steuerbeamten erledigt."

„Die Frage ist, ob es für die interessant ist, das Alexander immer noch lebt", überlegte Torben laut.

„Vermutlich nicht. Die Steuerschuld wurde mit allen Strafgeldern bezahlt und die haben so dermaßen viel zu tun, dass die einen Teufel tun werden, eine geschlossene Akte wieder zu öffnen", antwortete Katja.

„Was ist dein Interesse an diesem Alexander? Und wer ist Julia?"

„Meine Freundin."

„Deine was? Du hast eine Freundin?" Irritiert sah sie ihn an.

„Wieso sollte ich keine haben?"

„Doch schon. Aber das ich davon nichts weiß, oder ist es nichts Festes? Ich dachte immer, dass du es nicht so ernst mit den Frauen nimmst."

„Hör zu Katja, ich will hier kein Gerede. Es hat seinen Grund, dass ich mein Privatleben hier nicht kundtue."

„Kein Problem. Aber Gero?"

„Gero kennt sie und weiß Bescheid. Gero und ich sind auch privat befreundet, das ist etwas anderes. Wir beide arbeiten so lange noch nicht zusammen und außerdem…" Er sprach nicht weiter, sondern sah sie nur an.

„Bin ich eine Frau!" Sie lachte laut auf.

„Ja, und eine attraktive dazu."

„Danke!" Sie räumte alles zusammen und lachte noch immer leicht.

„Kannst du diese Bilder und Seiten irgendwie archivieren?"

„Habe ich schon." Sie zog einen Stick aus dem Computer und reichte ihm den.

„Ist alles und wirklich alles drauf. Also sei vorsichtig damit!" Nun, das brauchte sie ihm nicht zu erklären. „Aber was hat deine Julia denn nun mit diesem Alexander zu tun?"

„Sie war seine Verlobte als er verschwand. Eine Woche später wollten sie eigentlich heiraten."

„Autsch!"

Ja, dachte Torben und steckte den Stick ein.

„Was hast du nun vor?"

„Keine Ahnung. Wer könnte Interesse an der Aufklärung haben?"

Katja zuckte mit den Schultern. „Ich weiß es wirklich nicht Torben, aber ich denke darüber nach. Es wäre ja auch interessant zu wissen, ob jemand einen Schaden davongetragen hat."

„Was meinst du?"

„Nun, wenn zum Beispiel eine Lebensversicherung zur Auszahlung kam und der Totgeglaubte doch noch lebt, hat die Versicherung ein Interesse daran, ihr Geld wieder zu bekommen."

„So blöd werden die nicht gewesen sein. Aber danke noch mal, für alles."

„Gerne. Trotzdem noch ein schönes Wochenende."

„Ja, dir auch!" Mittlerweile war es schon nach zwölf Uhr. Katja steckte die Akte in die Schublade und fuhr den Computer runter. Gemeinsam gingen sie in die Tiefgarage und verabschiedeten sich voneinander.

Torben fuhr anschließend einkaufen. Danach kehrte er bei seinem Großvater ein. Als pensionierter Polizist wusste der um die Brisanz des Ganzen, hatte vielleicht eine Idee und konnte erst einmal den Stick für ihn aufbewahren. Was er auch machte.

Mit einem Stück Kuchen verwöhnte ihn seine Großmutter, wie immer, wenn er vorbei kam. Torben fuhr regelmäßig bei ihnen vorbei. Das war seine Welt. Diese Menschen verstanden ihn, hier fühlte er sich wohl.

6. Kapitel

Torben hatte sich gerade von seinen Großeltern verabschiedet und saß nun in seinem Wagen. Gerade als er diesen starten wollte, klingelte sein Handy. Auf dem Display stand: Julia. „Hey", begrüßte er sie mit sanfter Stimme.

„Hallo Torben. Wie war dein Abend?"

„Hm, sagen wir einmal interessant."

„Interessant?"

„Ja, obwohl ich mir eine abendliche Gestaltung mit einer kleinen, reizenden, brünetten Lady mit rehbraunen Augen schöner vorstellen könnte."

Nun lachte sie leicht auf.

„Und wie geht es dir? Hast du mich vermisst? Vielleicht wenigstens ein kleines bisschen?"

Sie seufzte leicht, und es hörte sich sehr nach Sehnsucht an, oder bildete er sich das nur ein? Im Hintergrund hörte er Geräusche, und das konnte nur bedeuten, dass er bei ihr war.

„Torben, Alexander hat Karten besorgt. Eigentlich ist Eishockey ja nichts für mich…" Ihre Stimme wurde etwas leiser: „…aber ich dachte, bevor ich hier mit ihm alleine bin, gehe ich lieber mit ihm in die Öffentlichkeit."

„Konntest du gestern nachdenken?"

„Ja, schon. Aber…", sie stockte.

„Es ist nicht einfach, ich weiß. Du sagtest Eishockey? Das Liga-Spiel?"

„Ja. Im VIP-Bereich. Wir fahren auch jeden Moment los, und da ich nicht weiß, wann wir wieder zurückkommen, wollte ich dich noch kurz sprechen."

„Schön!" Torben freute sich. Diese Suppe würde er dem lieben Alexander versalzen und seines Vaters Spiel einfach mal für sich nutzen. „Dann wünsche ich dir einen schönen Abend."

„Danke. Bist du sauer?"

„Nein. Wir sehen uns nachher."

„Aber ich weiß nicht..." „Vertrau mir", raunte er leise ins Telefon. Er hörte, wie sie laut einatmete und er etwas im Hintergrund sagte: „Das tue ich. Bis nachher."

Was sollte er davon halten? Er wurde fast wahnsinnig bei dem Gedanken daran, dass sie mit diesem Typen in einer Wohnung war.

„Torben?", begrüßte ihn sein Vater überrascht, als er ihn anrief.

„Korrekt. Ich hätte nun doch noch Zeit, falls du mich noch mit dabei haben willst."

„Selbstverständlich. Ich schicke dir einen Wagen."

„Ich kann selber fahren."

„Quatsch. Du bekommst hier eh keinen Parkplatz und könntest dann ja auch wieder nichts trinken. In zehn Minuten ist der Wagen bei dir."

„Zwanzig Minuten reichen. Eher bin ich nicht fertig."

„Ja, ja. Er wird auf dich warten! Bis gleich!"

Hm, dachte Torben. Sein Vater klang ja mal richtig erfreut. Schon komisch. Aber spätestens wenn er mitbekam, warum Torben dabei sein wollte, würde sich die Freundlichkeit vermutlich legen.

Er startete den Wagen, fuhr nach Hause, räumte sein Eingekauftes ein, rasierte sich und zog sich frische Sachen an. Heute jedoch blieb er seiner Jeans treu. Er zog sich ein hellblaues Hemd an und legte sich einen dunkelblauen Grobstrickpullover über.

Als er aus dem Fenster sah, stand die Limo seines Vaters schon bereit. Er sah sich kurz um, atmete tief ein und ging hinunter.

Entspannt betrat er den riesigen VIP-Raum. Sofort erkannte er den einen oder anderen, bis er die Gruppe um seinen Vater sah. Freundlich begrüßte er jeden mit Handschlag. Viola war offensichtlich von ihrem Vater ordentlich eingenordet worden, denn die nächste halbe Stunde wich sie ihm nicht von der Seite.

Dann sah er Alexander. Torben sah sich in der Gruppe um, und etwas weiter hinten stand Julia. Sie lehnte sich an einen Tisch und sprach mit einer Frau. Plötzlich landete Alexanders Blick bei Torben, und seine Gesichtszüge verhärteten sich extrem. Torben hob sein Bier zum Gruß und grinste frech hinüber. Alexander erwiderte nur den Blick, bis sich jemand zwischen sie stellte. Die nächste halbe Stunde ging vorüber und das Spiel begann.

Torben sah, dass Julia zur Getränketheke ging und sich dort anstellte. Bisher hatte sie ihn offensichtlich noch nicht entdeckt. Vermutlich rechnete sie auch nicht damit, ihn hier zu treffen. Er stellte sich hinter sie und lehnte einen Arm neben ihr an die Theke. „Na, junge Frau. Ganz alleine hier?"

Erschrocken drehte sich Julia zu ihm um, und sobald sie ihn erkannte, fing sie an zu strahlen. „Torben", flüsterte sie, als hätte sie Angst, dass sie jemand hören würde.

„Ja, ich. Ich hoffe, du freust dich, mich zu sehen."

„Natürlich, dass weißt du doch."

„Du hast mir gefehlt."

Sofort wurde Julia rot. Vorsichtig sah sie sich um, aber die meisten schauten entweder aus der Fensterfront oder auf die große Leinwandübertragung und johlten begeistert.

Auch Torben überflog den Raum, griff dann ihre Hand und zog sie aus der zwei Meter entfernten Tür in den Flur hinaus. Die völlig überraschte Julia ging einfach mit, ohne etwas zu sagen. Aber auch im Flur waren einige Leute, die sich offensichtlich nicht für das Spiel interessierten, sondern geschäftliche Kontakte knüpften oder pflegten. Torben zog sie weiter, öffnete eine angrenzende Tür und schob sie sanft hinein.

„Was machst du?", lachte Julia.

Der Raum war dunkel, ganz offensichtlich eine Vorratskammer. Weiter hinten leuchtete eine kleine Notlampe.

„Vertraust du mir?", fragte er wieder.

„Das weißt du doch", antwortete sie und lachte immer noch leise.

Er zog sie an sich und küsste sie leidenschaftlich. Sofort war Julia wie Wachs in seinen Händen, das spürte er genau.

„Mhm, Julia, du hast mir so gefehlt", raunte er, als er langsam von ihr abließ.

„Ach Torben."

Sie hatte eine enganliegende Jeanshose an, und Torben drückte sie enger an sich und ließ dabei seine Hände über ihren Po gleiten.

„Wir müssen zurück", sagte sie.

„Nein. Wir müssen gar nichts. Wir sind beide freie Menschen, die aus freien Stücken hier sind, und wir können tun und lassen, was wir wollen."

„Was wir wollen?"

„Was du willst, kleine Maus."

Sie lehnte ihre Stirn an seine Brust. „Ich bin mir über die Gefühle für Alexander nicht sicher", fing sie leise an, aber das wollte Torben gar nicht hören.

„Ich will dich, Julia. Jetzt!" Dabei knöpfte er bereits ihre Jeans auf und ließ seine Hände in ihre Hose gleiten.

„Das willst du nicht wirklich." Ihre Stimme klang leicht unsicher, aber auch erregt.

„Doch, will ich! Und du willst mich auch."

„Ich kann nicht, Torben." Aber ihre Stimme bebte, und da war Torbens Hand auch schon an ihrer empfindlichsten Stelle, sodass sie leicht aufstöhnte.

„Dein Wunsch ist mir Befehl, Julia." Dabei massierte er sie weiter, bis sie sich in seine Arme bog und leise aufstöhnte. Torben erstickte dies mit einem tiefen, langen Kuss, bis sie zum Höhepunkt kam. Danach zog er sie fest in seine Arme und drückte sie an sich.

„Oh Torben, du bist so unmöglich."

„Ja, da gebe ich dir Recht."

„Was machst du überhaupt hier?"

„Jetzt gerade in diesem Augenblick?"

Nun lachte sie wieder auf. „Nein."

„Ich bin auf Einladung meines Vaters hier. Er will mich mit der Tochter eines zukünftigen, reichen, mächtigen Mandanten verkuppeln und bestenfalls verheiraten."

„Ist nicht dein Ernst!"

„Doch. Eine rassige Spanierin."

„Aha. Und ist dein Interesse geweckt?"

„Mit wem stehe ich denn gerade hier?" Wieder küsste er sie leidenschaftlich. „Komm, ich ziehe dich wieder richtig an, sodass wir zurück gehen können", sagte er dann schwer atmend.

„Lass mal. Das mache ich besser selber." Julia hörte sich nun entspannter an. „Und? Wirst du sie heute Abend in dein Reich führen?"

„Wen?"

„Na deine rassige Spanierin."

Nun lachte Torben. „Nein. Ich hoffe darauf, dass du heute Nacht zu mir kommst."

„Torben, ich..."

Torben legte seinen Finger auf ihren Mund. „Psst, alles gut. Ich werde ja noch hoffen dürfen, oder?"

Draußen wurden Stimmen lauter, die vor der Tür stehenblieben, aber dann doch weitergingen.

„Fertig?", fragte er nach.

„Ja."

Torben öffnete die Tür, trat hinaus, sah den Flur rauf und runter und zog sie dann zu sich raus auf den Flur. Gemeinsam betraten sie wieder den VIP-Raum. Alexanders und Torbens Blicke trafen sich. Am liebsten hätte er Alexander frech angegrinst, aber er erwiderte den Blick emotionslos, bestellte ihnen beiden etwas zu trinken und reichte Julia das Glas.

„Du wirst da drüben erwartet. Ich warte zuhause auf dich." Er zwinkerte ihr noch einmal zu und ging dann wieder zu seiner Gruppe.

Hier schien ihn keiner vermisst zu haben und Torben stellte sich etwas abseits hin. Er sah, wie Alexander zu Julia ging und sie umgarnte. Nicht, dass ihn das kalt ließ, aber er wusste nun, dass sie auf ihn noch immer heiß war. Das gab ihm Hoffnung und Kraft das Ganze durchzustehen.

Die nächsten Stunden wurden recht kurzweilig. Was auch daran lag, dass Torben ein paar Kollegen traf und sich mit denen die Zeit vertrieb.

Es war bereits nach zehn Uhr. Seit zwei Stunden war er schon zuhause und grübelte über alles Mögliche nach, als die Tür aufgeschlossen wurde.

Torben stand auf, trat aus dem Wohnzimmer und sah Julia vor sich. Hinter ihr stand ein Mann in der Tür. „Entschuldige Torben, ich habe nicht genügend Geld für,…" Torben hob die Hand, zog seine Geldbörse, fragte nach dem Preis und bezahlte den Taxifahrer.

Als er die Tür schloss, stand Julia noch genauso unsicher da und sah ihn an. „Ich war mir nicht sicher, ob du das ernst gemeint hattest…"

Torben zog sie in die Arme, küsste sie leidenschaftlich und schob sie direkt ins Schlafzimmer.

„Eigentlich wollte ich mit dir reden", sagte sie schwer atmend, während Torben ihr die Sachen auszog.

„Kannst du doch", grinste er und schob ihre Jeanshose über ihren Po abwärts. Sanft drückte er sie auf das Bett und entfernte die Jeans, samt Schuhen.

„Du bist einfach unmöglich", lachte sie auf.

„Kann sein. Aber das hat dich bis jetzt auch nicht von mir ferngehalten."

Mit einem Ruck entfernte er seine eigene Jeans und das Hemd gleich hinterher. Dann warf er sich neben sie auf das Bett, zog sie mit sich unter die Bettdecke und drückte sie an sich. „Und? Was hast du auf dem Herzen?"

„Ich möchte heute nicht mit dir schlafen, Torben", sagte sie ernst.

„Okay, kein Problem. Nun?"

„Du bist sauer?"

„Nein, im Moment bin ich glücklich. Ich habe dich fast nackt in meinen Armen. Das ist wesentlich mehr, als ich zu hoffen gewagt habe. - Warum bist du hier?"

„Ich weiß nicht so genau. Ganz ehrlich, wusste ich auch nicht wohin, nachdem ich mich mit Alexander gestritten habe. Ich befürchte, dass es nicht fair von mir ist, dann hier aufzutauchen. Vermutlich erwarte ich zuviel von dir."

„Keine Sorge. Alles gut. Möchtest du darüber reden?"

Sie seufzte auf und kuschelte sich fester an ihn. „Ursprünglich wollte ich das, aber jetzt möchte ich eigentlich nur noch hier liegen und von dir gehalten werden."

„Okay", flüsterte er sanft und strich ihr leicht mit der Hand über den Rücken.

Eine ganze Weile lagen sie so da, bis er spürte, dass sie eingeschlafen war. Ihr Handy klingelte draußen irgendwo leise. Immer und immer wieder. Torben löste sich vorsichtig von ihr, stand auf und ging an das Telefon. „Ja", meldete er sich nur.

Stille.

„Hallo?"

„Ist sie bei dir?"

„Ja. Sie schläft."

Er klang erleichtert als er sagte: „Ich gebe es ungern zu, aber es ist mir lieber, dass sie bei dir ist, als dass sie durch die dunkle Nacht stromert."

„Hm", machte Torben nur.

„Es ist nicht leicht für Julia."

„Es reicht ja auch, wenn du es dir leicht machst."

„Tue ich nicht. Das habe ich nie. Ich bin nur wegen Julia hier."

„Tja, dann wärst du besser ein paar Monate eher nach Hause gekommen."

„Ha, ha." Alexander klang genervt.

„Mir brauchst du nichts vormachen und keine Lügen erzählen."

„Was meinst du?"

„Dass ich mehr weiß, als du wohl vermutest."

„Hm, wer weiß schon, was du glaubst zu wissen, und wer soll dir schon glauben?"

„Ich werde es Julia nicht sagen, und jetzt entschuldige bitte, ich gehe wieder zu ihr ins Bett zurück."

Damit legte er auf, legte das Handy mit ihrer Tasche ins Wohnzimmer und schloss die Tür hinter sich. Als er sich vorsichtig wieder ins Bett legte, kuschelte sich Julia an ihn und drückte ihren aufgeheizten Körper an ihn.

„Du bist wach?"

„Nicht so richtig. Hast du telefoniert?"

„Ja, mit Alexander. Er hat auf deinem Handy angerufen. Er machte sich Sorgen."

„Macht er das?"

„Ja, und er findet es besser, dass du in meinem Bett liegst, als dass du draußen im Regen durch die dunkle Nacht tigerst."

„Das hat er nicht gesagt."

„Doch und jetzt schlaf weiter, oder schlaf mit mir."

Julia lachte leise auf. „Schlaf mit mir, Torben!"

Da ließ sich Torben nicht zweimal sagen.

7. Kapitel

Als Torben am nächsten Morgen aufwachte lag Julia an ihn gekuschelt und schlief noch immer tief und fest. Eine Weile sah er sie noch an und dachte an die vergangene Nacht. Nachdem sie ihre Bitte geäußert hatte, waren sie wieder schnell zur Sache gekommen, jedoch hatte Torben kurz darauf das Tempo gedrosselt, da er spürte, dass Julia in dieser Nacht etwas anderes brauchte, als leidenschaftlichen guten Sex.

Nachdem er sich aus dem Bett geschlichen, geduscht und angezogen hatte, fuhr er zur Tankstelle und holte frische Brötchen. Eine Stunde später erst kam Julia verschlafen aus dem Schlafzimmer. Sie hatte ein T-Shirt von ihm übergezogen und sah richtig süß zerknautscht aus.

Torben saß in der Küche am gedeckten Tisch und blätterte gerade in einer Spotzeitung, als sie hereinkam. „Guten Morgen, meine kleine Maus", begrüßte er sie, legte die Zeitung weg und zog sie auf seinen Schoß.

„Guten Morgen. Du steigerst dich", gab sie zur Antwort.

Torben lachte und gab ihr einen leichten Kuss. „Was genau meinst du?"

„Du hast sonst immer nur Maus, oder kleine Maus gesagt. Bin ich deine Maus?"

Oha, dachte Torben, da ist aber Jemand heute Morgen ganz besonders empfindlich. „Natürlich bist du das, oder empfindest du das nicht so?"

Sie zuckte leicht mit der Schulter.

„Was hältst du davon, kurz im Bad zu verschwinden und dann mit mir zu frühstücken?" Und mir dann erzählst, was gestern Abend war, aber das sagte er nicht, sondern dachte sich das nur.

„Wegen gestern Abend, Torben…"

Torben schloss ihren Mund mit einem Kuss, der sehr sinnlich und liebevoll wurde. „Zieh dir etwas an, das wird dir sonst zu kalt", raunte er leise.

Julia sah ihn noch einen Moment an, stand dann auf und verschwand im Badezimmer.

Torben setzte frischen Kaffee auf und machte den Herd an, um die Eier zu kochen. Etwas später saßen sie dann am Tisch und frühstückten. Julia wirkte recht entspannt, das freute ihn. „Und? Was war gestern?"

Julia sah nicht auf, sondern hielt ihren Blick auf den Teller gerichtet. „Alexander war sauer, oder, wie er sagte, enttäuscht, dass ich mit dir gesprochen habe, obwohl ich mit ihm aus war. Da hatte er ja auch vermutlich nicht Unrecht. In der Wohnung fing er dann noch einmal damit an, dass ich ihm keine wirkliche Chance geben würde und dass ich es mir zu einfach mache und so weiter. Aber ich mache es mir wirklich nicht leicht. Ich bin irritiert und verwirrt. Was wäre passiert, wenn wir beide uns vor dem Unglück begegnet wären?"

Nun sah sie auf und ihn an. Torben erwiderte nur ihren Blick, sagte aber nichts.

„Das mit dir, also mit uns ist so ganz anders als mit Alexander. Ja, ich dachte wirklich damals, dass ich ihn lieben würde. Und ich bin nach dem Unglück auch fast verrückt geworden, aber irgendwann habe ich mich damit abgefunden, dass er nicht wiederkommt. Im Laufe der Zeit, nach der Trauerphase, habe ich festgestellt, dass ich mich eigentlich völlig aufgegeben hatte und nur noch für Alexander da gewesen bin. Das empfand ich grundsätzlich auch nicht als so schlimm, aber mir wurde auch klar, dass es Alexander immer nur um sich und sein Wohl ging. Wenn er chinesisch essen wollte, bestellte er einen Tisch, Punkt. Wenn er ins Kino wollte, gingen wir ins Kino. Ich weiß nicht, wie ich das beschreiben soll."

Sie schob ihren Frühstücksteller weg, nahm ihre Tasse, hob sie an und stellte fest, dass sie leer war. Torben stand auf, holte die Kanne und schenkte ihr nach.

„Durch dich ist mir das erst richtig bewusst geworden."

„Mich?" Torben schüttete den restlichen Kaffee in seine Tasse, stellte die Kanne in die Spüle und setzte sich wieder hin.

„Ja, dies zum Beispiel. Du siehst, dass ich noch Kaffee möchte. Nicht nur, dass du das wahrnimmst, sondern holst auch welchen für mich."

„Meinst du nicht, dass du das überbewertest?"

„Nein, das sind so viele Kleinigkeiten. Solche kleine Gesten, wie eben." Julia nahm die Tasse auf und schaute hinein.

„Er sagt andauernd, dass er mich liebt, aber ich spüre davon nichts. Er ist so sehr auf sich bezogen. Zuerst kommt er, dann lange nichts, dann andere und ich weiß nicht, an der wievielten Stelle ich stehe."

„Du bist ganz schön streng mit ihm. Verstehe mich nicht falsch. Nicht, dass mich das stören würde, aber ich habe ein wenig Sorge, dass du das später bereust."

„Am Freitag zum Beispiel hatten wir so eine Szene, wie sie früher Standard war. Er hatte mich nach der Arbeit an der Bushaltestelle aufgegabelt, wir kamen in die Wohnung, er ging zum Küchenbereich, nahm sich etwas zu trinken und gut. Er hat mich noch nicht einmal gefragt, ob ich auch etwas möchte. Gut, ich kann es mir selber nehmen. Aber bei dir ist es etwas anderes. Du nimmst dir noch nicht einmal erst und fragst mich, ob ich auch etwas möchte, du fragst zuerst mich, versorgst mich. Nicht, dass ich bedient werden möchte, versteh das nicht falsch."

„Aber du machst das doch auch."

„Was mache ich?"

„Wenn wir abends hier sitzen und du siehst, dass ich nichts mehr zu trinken habe, fragst du, ob du mir etwas holen sollst oder mitbringen kannst. Das ist doch normal, und in einer Beziehung erst recht."

„Haben wir eine Beziehung Torben?"

Was kam denn nun? „Siehst du das nicht so?" Irritiert sah er sie an.

„Schon, aber…" Sie atmete tief ein. „Ich weiß im Moment nicht so richtig, wo ich bei dir stehe."

Torben zog überrascht die Augenbrauen hoch. „Ich dachte, wir lieben uns", platze Torben leicht angespannt heraus.

„Tust du das, Torben? Liebst du mich?"

„Julia wir haben fast täglich erstklassigen Sex, du gehst bei mir ein und aus, mittlerweile hast du sogar meinen Wohnungsschlüssel. Was ist das denn für eine Frage?"

„Aber du sagst es nie."

Er wusste, was sie meinte. Aber was sollte das nun werden?

Ihr Handy klingelte. Es lag auf dem Tisch und man sah direkt auf dem Display, wer das war. „Mein Chef." Julia ging dran. „Kein Problem, wirklich. – Ja, eigentlich schon."

Julia gab Torben ein Zeichen, dass sie etwas zum Aufschreiben brauchte. Sofort stand er auf und holte ihr einen Block und einen Stift.

„Ja, ich werde dort einmal anrufen. Danke, dass Sie an mich gedacht haben. – Bis morgen im Büro." Damit legte sie auf.

„Das war mein Chef. Er ist heute Morgen bei einem Brunch bei Freunden und einer seiner Bekannten hat wohl eine kleine Wohnung demnächst zu vermieten. Sie wäre wirklich sehr klein, aber für mich immerhin bezahlbar." Sie schaute auf den Zettel.

Torben überlegte, was er sagen sollte. Wollte sie immer noch ausziehen? Wiederum, wenn sie mit Alexander nicht mehr zusammen blieb, müsste sie wohl eher früher als später ausziehen.

Plötzlich wurde sie ganz blass und sah erschrocken auf. „Mist", schimpfte sie leise, stand auf, ging in den Flur hinaus und kam mit ihrer Handtasche wieder herein. Sie kramte etwas in ihrer Tasche herum, bis sie eine kleine Tablettendose herausholte, darauf sah und das Gesicht verzog.

„Was ist los?"

„Ich habe gestern Abend vergessen meine Pille zu nehmen."

„Dann nimm sie doch jetzt nach, und vorsichtshalber verhüten wir halt zusätzlich die restliche Zeit."

Sie schaute in die Luft und sah dabei aus, als würde sie krampfhaft versuchen, sich an etwas zu erinnern.

„Was ist denn los?"

„Es ist schon das zweite Mal diesen Monat, dass ich sie wohl vergessen habe und ich weiß nicht, wann das erste Mal war."

„Notfalls müssen wir mein Rumpelzimmer ausräumen und ein Kinderzimmer daraus machen."

Das war Torben so herausgerutscht, aber nun, wo es ausgesprochen war, warum nicht? Warum sollte sie nicht ganz bei ihm einziehen, egal, ob schwanger oder nicht.

„Was mache ich denn jetzt?"

„Ich habe da sicherlich weniger Erfahrungen als du, Julia, aber ich an deiner Stelle würde jetzt eine nachnehmen. Die für gestern Abend. Die letzte Woche hast du doch auch immer eine genommen, oder?"

Sie nickte langsam.

„Und dann rufst du morgen bei deinem Frauenarzt an. Wie viele hast du denn noch in der Packung?"

„Fünf." Langsam zog sie eine heraus, nahm sie. Dann verschwand sie im Bad.

Torben räumte in der Zwischenzeit den Tisch ab. Gerade als er fertig war, schellte es an der Haustür. Als er die Wohnungstür öffnete, kam nach einer Weile Alexander die Treppe hinauf.

Julia war in der Zwischenzeit wieder in die Küche gegangen und telefonierte. Torben ließ Alexander in die Wohnung und zeigte auf die Küchentür.

Irritiert sah Julia auf, als die beiden hereinkamen, verabschiedete sich am Telefon und sah die beiden Männer an.

„Guten Morgen Julia." Alexander stellte sich neben den Tisch und sah sie an.

„Guten Morgen Alexander." Man sah ihr an, dass sie mit der Situation überfordert war.

Torben zeigte auf den Zettel, den sie in der Hand hielt. „Hast du jemanden erreicht?"

„Ja, ich kann mir nächste Woche Donnerstag die Wohnung ansehen. Sie ist noch vermietet und wird erst zum ersten März frei."

„Du suchst dir eine Wohnung?"

„Ich habe dir doch letztes Mal schon gesagt, dass ich seit einiger Zeit eine kleine Wohnung für mich suche."

„Aber das war eine andere Situation. Nun bin ich wieder da, und ehrlich gesagt, fällt es mir ziemlich schwer, diese Situation zu ertragen."

Oh wie melodramatisch, dachte Torben. „Ich lasse euch mal allein. Wenn etwas ist: ich bin irgendwo nebenan." Torben ging und zog die Küchentür hinter sich zu, auch wenn es ihm schwerfiel. Aber diese Entscheidung musste sie alleine treffen.

Als erstes ging er ins Schlafzimmer und schlug die Betten auf, öffnete das Fenster und räumte die paar Sachen, die dort herumlagen, weg. Danach setzte er sich ins Wohnzimmer und zappte durchs Fernsehprogramm.

Nach einer ganzen Weile kam Julia ins Zimmer. „Ich gehe mit Alexander mit."

Torben sah sie an. Sie war wieder blass und machte einen angespannten Eindruck. „Wenn du das möchtest."

„Soll ich dich nachher anrufen?"

Torben stand auf, ging zu ihr und stellte sich ganz nah vor ihr hin. „Sollen sollst du gar nichts. Wenn dir danach ist, ruf mich an, oder komm vorbei." Ich kann dich auch abholen, dachte Torben, aber er sagte das nicht. Sie wusste, dass er das machen würde.

Unschlüssig stand sie da, Alexander tauchte im Flur auf und stellte sich an die Wohnungstür.

Sanft strich Torben ihr über die Wange. „Pass auf dich auf, kleine Maus", flüsterte er und gab ihr einen Kuss auf die Wange.

„Danke. Für alles, Torben." Ihre Stimme war zittrig. Sie drehte sich um, griff nach ihrer Jacke und Tasche, als Alexander ihr auch schon die Tür aufhielt.

Torben überlegte, ob er ihr vielleicht doch über Alexander Bescheid hätte sagen sollen, aber das wäre sicherlich der falsche Weg gewesen.

Montagmorgen tobte im Büro der Teufel. Am Wochenende waren einige Einsätze gewesen und die bearbeitenden Kollegen waren völlig überfordert, sodass Torben Gero bat, bei der Kripo 5 auszuhelfen. Er und Katja kümmerten sich gerade um den Umzug, als sein Chef hereinkam und ihm den jungen Kollegen vorstellte. Entgegen vorheriger Ankündigung war das kein Praktikant, sondern ein Kollege, der im Oktober seine Prüfung abgeschlossen hatte und bisher noch keine feste Einteilung bekommen hatte.

„Wir werden die Stelle erst einmal auf ein halbes Jahr befristen. Länger kriege ich das im Moment nicht durch, da Sie nach der Ausbildung eigentlich erst einmal im Zivilbereich untergebracht werden sollten." Herr Bürgmer klopfte dem jungen Uniformierten auf die Schulter und verließ das Büro.

Sven Taler sah Torben und Katja an. Er stand da ein wenig wie ins kalte Wasser geschmissen. „Ja, dann herzlich willkommen bei uns." Torben stand auf und reichte ihm die Hand. „Torben Eckhard. Ich bin hier der Leitende."

„Ich weiß, jeder hier weiß, wer Sie sind."

„Aha, na dann hoffe ich, dass nicht zu viele Gruselgeschichten dabei waren." Torben ging wieder zu seinem Schreibtisch und räumte den weiter leer. „Sie kommen zu einem für Sie ungünstigen Zeitpunkt. Wir ziehen um. Sie können sich eine Kiste packen und das Regal mit den Ordnern leer räumen."

Sven zog seine Jacke aus, krempelte die Ärmel hoch und machte sich nützlich. In der Tat musste Torben feststellen, dass der junge Mann ihm durchaus sympathisch war. Er hörte zu, seine Fragen waren zielgerichtet und klar gestellt.

„Ich bin dann mal eben oben." Katja hielt die Guthoff-Akte vor sich im Arm und Torben nickte ihr nur zu. An die blöde Akte hatte er gar nicht mehr gedacht, klar, die musste wieder zurück.

Kurz vor Feierabend trat Gero wieder ins Büro. „Oh, das sieht aber nett hier aus", lachte er und sah sich um. Überall standen nur noch Kisten.

In dem Moment kamen auch schon die Männer, die das Ganze umräumen sollten. Gemeinsam gingen sie in die neuen Räumlichkeiten und sahen sich dort um. Katja und Gero stritten sich laut um die Schreibtische.

„Ich habe aber letztes Mal schon an der Tür gesessen." Katja war ganz offensichtlich bereit, das auszufechten.

„Den Platz an der Tür nimmt immer der, der zuletzt kam", ging Torben dazwischen. Gero grinste Katja breit an.

„Das ist dieses Mal Sven."

Gero zog die Augenbrauen hoch.

Herr Bürgmer hatte gesagt, dass hier drei Schreibtische stehen sollten. Platz, sowie Anschlüsse waren sogar für vier da, aber der dritte Schreibtisch fehlte.

„Ich denke, dass Katja in der goldenen Mitte und somit vor den Fenstern den Schreibtisch bekommt." Torben wandte sich den Männern zu: „Holen Sie bitte meinen Schreibtisch aus dem alten Büro hierüber. Das ist der neueste und größte dazu. Sollen sich die anderen einen neuen Schreibtisch besorgen, wer auch immer in das Büro kommt."

Die Männer nickten ihm zu.

„Außerdem bringen Sie das Highbord mit hier rüber. Das stellen wir vor die Fensterfront zu meinem Büro. Den Schreibtisch, der jetzt dort steht, stellen wir an diese Seite."

Damit zeigte er auf die andere Seite der Fensterfront zu seinem Büro.

„Oder hat jemand eine bessere Idee?"

Alle schienen einen Moment darüber nachzudenken.

„Warum soll das Highbord quasi mitten in den Raum?", fragte Sven vorsichtig nach.

„Das hat mittig eine Tischplatte mit Stützen an der Seite, sodass man das bei Bedarf herausziehen und als Ablage oder so benutzen kann", erklärte Gero ruhig.

„Ach, deshalb ist das auch so extrem tief?"

Gero nickte. „Wer bist du überhaupt?"

Nun lachte Sven. „Sorry. Ich bin Sven. Quasi der Neue bei euch."

„Aha."

„Du warst den ganzen Tag nicht da. Sven hat im Oktober seine Prüfung abgelegt und bleibt das nächste halbe Jahr bei uns."

Gero sah Torben an, und Torben erwiderte nur den Blick.

„Wieso wart ihr Samstag im Büro?", fragte er nun und Torben verzog sauer das Gesicht. Das war wieder typisch Gero. Der Raum voller Leute, noch dazu Fremde dabei, und Gero haute in die Vollen.

„Katja und ich hatten etwas zu besprechen."

Damit drehte er sich um und begutachtete sein neues Büro, das wesentlich größer war, als er gedacht hatte.

8. Kapitel

Julia stand in der Fußgängerzone. Es war nach zwanzig Uhr, stockdunkel und es nieselte leicht.

Sie zog den Kragen höher und sah sich um. Hier waren sie und Torben sich damals das erste Mal nähergekommen. Ihr wurde gleich ganz schwer. Ja, sie hatte sich in diesen Kerl verliebt. Er brachte ihre Welt zum Leuchten. Sexuell war der Mann einfach der Wahnsinn und auch sonst war er sehr fürsorglich. Warum tat sie sich so schwer mit der Entscheidung?

Hinter sich hörte sie ein Geräusch und drehte sich um. Torben stand da und sah sie an.

„Was machst du hier in der Kälte?"

„Nachdenken!"

„Nachdenken?"

Er kam näher und zog sie in den Arm. Julia merkte, wie sie ganz steif wurde, und Torben hatte das sicherlich auch bemerkt. „Komm, ich fahre dich nach Hause." Langsam zog er sie mit sich Richtung Auto, welches mitten in der Fußgängerzone stand.

„Nach Hause?"

„Ja. Ich mache dir eine Tasse Kakao, oder Tee, wenn du lieber willst. Du holst dir noch eine Erkältung hier draußen."

Nach Hause. Zuhause. Immer sprach er davon, als wäre es das selbstverständlichste der Welt. Sie konnte sich nicht einmal daran erinnern, dass er sagte: wir fahren in meine Wohnung oder so.

Zuhause, dachte Julia nach und setzte sich in den aufgewärmten Wagen. Ja, sie musste zugeben, dass sie sich in Torbens Wohnung wohl fühlte. Sehr wohl sogar. Das war wirklich ein Zuhause, wie sie es sich vorstellte. In der Wohnung von Alexander hatte sie sich nie heimisch gefühlt. Er hatte die Einrichtung bestimmt und ja auch bezahlt. Alles war so metallisch und kalt. Sie hatte noch nicht einmal einen eigenen Bereich, wo sie mal Bilder von ihren Eltern oder Freunden aufstellen konnte, da er das nicht wollte.

Torben startete den Wagen und fuhr los. Er sagte nichts, fragte nichts, ließ ihr ihren Raum, den sie im Moment brauchte und sorgte sich trotzdem um sie.

In der Wohnung zog sie den Mantel und die Stiefel aus. Torben schob sie direkt ins Wohnzimmer auf die Couch und legte ihr eine Wolldecke hin. „Was möchtest du trinken? Einen Tee? Minze?"

Sie setzte sich und sah auf. „Hast du Kakao?"

„Ich mache dir einen." Damit verließ er auch schon das Wohnzimmer.

Erst jetzt fiel Julia auf, wie kalt ihr war. Sie hatte Eisfüße und zitterte leicht. Sie zog sich die Decke über und kuschelte sich ein, aber wirklich helfen tat das nicht viel.

Torben kam mit einer Wärmflasche in der Hand zurück, hob die Decke an ihren Füßen an, legte die Wärmflasche unter ihre Füße und deckte sie wieder zu. Mittlerweile lag sie mehr auf der Couch, als dass sie saß. Er nahm noch ein Kissen von der anderen Seite, legte ihr das in den Rücken und setzte sich neben sie auf die Kante.

„Habe ich dich je bedrängt, Julia?", fragte er leise, und sein Blick sah traurig aus.

Julia schluckte. Was ging wohl erst in ihm vor, wenn sie ihm von... Sie senkte verlegen den Blick. „Nein."

„Warum hast du mich dann nicht angerufen? Wenn du alleine sein willst, kannst du das auch hier sein. Dafür musst du doch nicht in der kalten Nacht herumirren."

Tränen kullerten ihr über die Wange, und sie hörte Torben leicht aufstöhnen. „Auch das noch", murmelte er angespannt und zog sie leicht an seine Brust. Das war zu viel für Julia, und sie schluchzte los.

Sie hatte völlig das Zeitgefühl verloren. Irgendwann waren die Tränen versiegt, und Torben räumte die verbrauchten Taschentücher weg, ging dann in die Küche und kam nach einer Weile mit einer Tasse heißen Kakao zurück. Nicht ein

Wort war seitdem gefallen. Aber es war keine angespannte Stille. Es war einfach nur still.

Torben gab ihr die Tasse und griff dann nach ihren Füßen. „Wenigstens hast du nun wieder warme Füße." Dann deckte er die Füße wieder zu und setzte sich ans Ende der Couch, zu ihren Füßen, und sah sie an. „Möchtest du lieber alleine sein?", fragte er ruhig.

„Nein, ich…" Julia haderte mit sich. „Hast du Zeit?", fragte sie zaghaft.

„So viel du brauchst." Wieder sah er sie nur an. Obwohl ihr klar war, dass sie nun dran war, fiel es ihr schwer.

„Am letzten Freitag, als du angerufen hattest, stand ich nur mit dem Handtuch um mich geschlungen da, als Alexander noch einmal zurückkam." Sie wusste, dass Torben sie ansah, aber sie konnte seinen Blick nicht erwidern.

„Es kam dann auch zum Kuss. Also eigentlich von ihm, aber ich möchte, dass du das weißt."

„Hm", machte er nur, sonst nichts.

„Am Samstag war er ganz schön sauer. Vermutlich auch zu Recht. Ich habe aber auch extrem provokant auf ihn reagiert und war vermutlich nicht wirklich fair."

Sie machte eine Pause und sah kurz zu ihm herüber. Er saß einfach nur da und beobachtete sie. Sie konnte nicht erkennen, was in ihm los war. Es war ihr unangenehm, deshalb sah sie wieder in ihre Tasse.

„Als er mich am Sonntag von dir geholt hat, bekniete er mich um eine Chance. Er legte mir förmlich die Welt zu Füßen. Er war wirklich charmant und liebenswert. Ja, er umgarnte mich und ich war mir nicht mehr so sicher, was meine Gefühle ihm gegenüber anging, und ich hatte auch Angst, dass ich ihm vielleicht unrecht täte und ließ mich auf ihn ein."

Sie trank einen Schluck und lauschte, aber Torben schien sich noch nicht einmal zu bewegen. „Wir sind dann auch im Bett gelandet." Nun war es raus. Sicherlich würde Torben ihr nun die Tür weisen, aber noch immer regte er sich nicht, und im Grunde war sie auch froh darüber, dass er ihr die Chance gab. „Ich... wir...“

Torben räusperte sich. „Sei mir nicht böse, aber Einzelheiten muss ich wirklich nicht wissen", sagte er leise und seine Stimme klang zittrig, sodass sie aufsah.

„Das wollte ich auch nicht,... ich meine schon,... ich...“

Torben schnalzte leicht auf und beugte sich zu ihr rüber. „Sprich einfach weiter.“

Nun sah sie ihn an. „Es war wie früher, anfangs. Bis wir im Bett landeten. Als ich plötzlich nackt vor ihm lag, kam er.“

Torben hustet kurz auf und wandte sich ab. Er stand auf und holte eine Flasche Wasser und Gläser an den Tisch. Während er etwas einschenkte, trank sie den Kakao aus und stellte dann die Tasse auf den Tisch.

„Entschuldige", sagte er mit einem leichten Grinsen im Gesicht, „ich habe dich unterbrochen.“

Torben lehnte sich wieder mit einem Glas Wasser in der Hand zurück und legte seine andere Hand auf ihre Füße über der Decke.

„Das ist nicht lustig, Torben.“ Aber nun musste sie doch auch schmunzeln.“

„Doch, finde ich schon. Aber ich spare mir weitere Kommentare.“

„Das ist aber nett von dir.“

Die Spannung war raus und sie sah ihn an. Alleine sein Blick machte sie heiß. Ihr wurde bewusst, welche extremen Gefühle Torben bei ihr erzeugte. Und das bei Alexander eigentlich nicht ansatzweise solche Gefühle vorhanden waren. Er erregte sie nicht so, wie Torben es tat. Ja, es war schön, von ihm gestreichelt zu werden, aber wenn sie ehrlich zu sich war, war es auch nicht viel mehr als das.

„Du vergleichst mich jetzt aber nicht gerade mit Alexander, oder?“, fragte er trocken. Und prompt stieg ihr die Röte ins Gesicht.

„Hm, ist das jetzt gut oder schlecht für mich?“ Frech sah er sie an.

„Alexander sagte mir heute Abend, dass er möchte, dass ich meine Stelle kündige und wieder bei seinem Vater arbeite. Außerdem möchte er mit mir nach Weihnachten auf eine der Inseln von Hawaii ziehen und dort mit mir leben."

„Stopp. Wir waren gerade noch beim Sex gestern Abend. Der offensichtlich grottenschlecht war, und jetzt sagst du mir, dass du mit ihm nach Hawaii ziehen willst?"

„Nein, das wollte ich damit nicht sagen."

„Also hattet ihr anschließend auch noch guten Sex?"

Wütend sprang Julia auf und lief nervös durch das Zimmer. „Wir hatten gestern Abend keinen Sex mehr."

„Warum regst du dich jetzt so auf, Julia?"

„Ich verstehe nicht, warum du so ruhig bleibst? Lässt dich das völlig kalt?"

Torben zog die Augenbrauen hoch und stand langsam auf, trat zu ihr und blieb ganz dicht vor ihr stehen. Julia merkte, wie sie vor Anspannung am ganzen Körper zitterte.

„Was, Julia, erwartest du jetzt von mir?" Er holte tief Luft und seine Brust spannte sich unter dem Hemd kurzzeitig an.

„Ich schäme mich so sehr", hörte sie sich leise sagen und fühlte sich so schlecht und schwach und wollte eigentlich nur noch weg. Doch Torben hielt sie auf, zog sie in seine Arme und drückte sie fest an sich. Er hielt sie einfach nur fest, und sie spürte, wie sie immer stärker zitterte und innerlich bebte. Sie hatte nun bestimmt alles zerstört.

Nach einer gefühlten Ewigkeit hob Torben sie hoch und trug sie ins Schlafzimmer. Dort legte er sie aufs Bett und zog sie und sich langsam aus. Er berührte sie kaum, nicht wie sonst und er küsste sie auch nicht, sondern sah ihr die ganze Zeit nur in die Augen.

Julia hatte das Gefühl zu explodieren. Sie wollte ihn spüren, seine Streicheleinheiten und Liebkosungen. Sie wollte ihn, aber er gab es ihr nicht, sondern beobachtete sie nur, bis er sich dann über sie legte und langsam, vorsichtig in sie eindrang. Julia kamen vor Glück gleich die Tränen. Torben hielt inne und sah sie an, so als wenn er ihr Okay wollte.

„Ich liebe dich so sehr, Torben", flüsterte sie, und erst dann bewegte er sich langsam weiter in ihr.

Als Julia wieder erwachte, war sie alleine. Es war dunkel im Zimmer und die Zimmertür war geschlossen. Im Flur allerdings schien Licht zu sein.

Sie überlegte kurz, griff dann nach der Wolldecke, wickelte diese um sich und ging Torben suchen. In der Küche brannte ebenfalls Licht, aber die Tür war zu. Sie öffnete sie. Torben stand mit dem Gesicht zum Fenster, sah in die Nacht hinaus und telefonierte dabei. Ihr Blick ging zu Küchenuhr. Es war kurz vor Mitternacht.

„Ich kann dir dabei nicht helfen. Tut mir leid. Wie du weißt stehe ich auf der anderen Seite", sagte Torben. Im selben Augenblick klingelte es an der Haustür und er drehte sich zu ihr, sah sie an und ging dann zur Tür.

„Ruf morgen im Büro an, dann schaue ich, ob ich etwas tun kann."

Er machte einen angespannten Eindruck. Er drückte die Haustür auf und öffnete nach einer Weile die Wohnungstür.

„Ist Julia bei dir?" Alexander! Und sie stand hier nackt in eine Decke gewickelt! Doch Torben griff nach hinten und zog die Küchentür zu.

„Ja ist sie", hörte sie Torben sagen, dann ging erst die Wohnungstür zu, dann eine Zimmertür.

Vorsichtig lugte sie in den Flur. Offensichtlich hatte er ihn ins Wohnzimmer geführt. Erleichtert atmete sie aus und huschte ins Schlafzimmer rüber. Nachdem sie sich etwas übergezogen hatte, ging sie ins Wohnzimmer.

„Ah, Julia. Besuch für dich."

Beide Männer standen im Wohnzimmer und sahen sich an.

„Was tust du hier, Alexander?"

„Ich? Die Frage ist doch wohl eher, was du hier tust? Wir waren wieder zusammen im Bett, du fliegst mit mir nach

Hawaii. Ich kann nicht wirklich verstehen, was das hier soll. Ich habe die halbe Stadt nach dir abgesucht!"

Alexander hatte zu ihr rüber gesehen, nun sah er wieder Torben herausfordernd an.

„Ich habe nicht gesagt, dass ich mich für dich entschieden habe und erst recht nicht, dass ich mit dir irgendwohin fliege."

„Julia, bitte!" Er ging einen Schritt auf sie zu.

„Mit welchem Namen sind Sie eigentlich in Deutschland eingereist?"

Alexander drehte sich ruckartig wieder zu Torben.

„Haben Sie Ihre eigene Identität schon wieder angenommen oder bleiben Sie tot? Reisen Sie auch wieder unter anderem Namen aus?"

Alexander plusterte sich auf. „Ich weiß nicht, was Sie meinen!"

„Das sind doch ganz einfache Fragen, oder nicht?"

„Wovon bitte spricht er, Alexander?"

Wieder ging Torbens Handy. Er sah darauf, nahm das Gespräch an und verließ den Raum.

„Alexander? Wovon spricht Torben?"

„Hat er dir das nicht erzählt?"

„Was sollte er mir denn erzählen? Bist du nicht als Alexander Guthoff eingereist?"

Wieder spannte sich Alexander an. „Lass uns nach Hause fahren. Ich erkläre dir dort alles in Ruhe."

In dem Moment tauchte Torben wieder in der Tür auf. „Julia, ich muss los. Wir haben eine Leiche."

Auch das noch, dachte Julia und wusste nun erst recht nicht mit der Situation umzugehen.

„Ich denke, dass Sie, Alexander, nun fahren sollten. Sie wissen ja, dass es Julia gut geht und wo sie ist. Alles andere lässt sich vielleicht morgen besprechen."

Alexander musterte sie. Er tat ihr leid. Er sah so verletzt aus.

„Vielleicht kannst du dir morgen den Nachmittag freinehmen, damit wir uns unterhalten können?", fragte Alexander vorsichtig.

„Sicher. Ich rufe dich morgen früh an und gebe dir Bescheid."

„Danke!" Alexander sah noch einmal zu Torben und verließ dann die Wohnung.

„Was weißt du?" Ihre Stimme bebte, und Torbens Blick war wieder nicht zuzuordnen.

„Ich muss raus, Julia." Er kam auf sie zu, gab ihr einen Kuss auf die Nase und drehte sich ab. „Geh ins Bett, das kann dauern, bis ich wiederkomme." Damit verschwand auch er.

Alles drehte sich in ihr. Was ging hier bloß vor? Torben wollte sie offensichtlich schützen. Aber wovor? Nervös lief sie ein wenig durch die Wohnung. Schlafen konnte sie nicht. Sie kochte sich einen Tee, setzte sich in die Decke auf der Couch und rief Alexander an.

„Darling! Das ist schön, dass du anrufst."

„Sag mir die Wahrheit, Alexander!"

„Was willst du hören?"

„Alles!"

9. Kapitel

Angespannt sah Torben auf das Chaos in den Büros. Was für eine Scheißidee, fluchte er in sich hinein. Er schob seine Kisten gerade in sein Büro, als Sven hereinkam.

„Puh, bei euch ist ja etwas los", lachte er und packte gleich mit an. „Soll ich die Computer anschließen?"

„Eigentlich müssten die schon längst angeschlossen sein, dafür haben wir extra Leute, deren Job das ist. Deiner ist ja auch schon da und bestimmt schon angeschlossen.

Gero kam nun mit Katja herein. Gemeinsam schoben sie die Kartons zu den jeweiligen Schreibtischen und Schränken und packten die meisten sofort aus. Es war kurz nach eins, als Torben fast die Augen zufielen.

„Fahr doch nach Hause", sagte Gero und sah ihn besorgt an.

„Warst du echt schon heute Nacht am ersten Tatort?"

„Ja, Gott sei Dank auch. Der Mecki von der Spurensicherung hätte sonst wieder alles versaut." Torben schmiss sich auf einen der Besucherstühle und sah in die Runde. „Geht ja langsam wieder."

„Was heißt denn, am ersten Tatort?", hakte Sven nach.

„Um kurz nach zwölf hatten wir die erste Leiche."

„Aha, davon habe ich gar nichts mitbekommen."

„Müssen ja auch nicht alle nachts raus. Und jetzt müssen wir erst auf die Obduktion und den Bericht der Gerichtsmedizin warten, ob die einen Anhaltspunkt haben, wer die Leiche sein könnte." Torben gähnte und stand dabei auf. „Ich fahre nach Hause. Wir sehen uns Morgen wieder. Ach, und Sven?" Er drehte sich noch einmal zu Sven. „Jeans und Pullover reichen hier völlig aus. Du arbeitest jetzt bei uns und wir laufen nicht in Uniform herum."

Sven grinste und nickte.

Als er die Wohnungstür öffnete, hörte er das Radio leise spielen. Sein erster Blick fiel auf Julias Mantel, der an der

Garderobe hing und ihre Stiefel, die darunter standen. Die Küchentür stand offen, da war sie also nicht. Er öffnete die Wohnzimmertür und schaute vorsichtig hinein. Sie stand am Fenster und sah hinaus. „Alles in Ordnung, Julia?"

Sie zuckte zusammen, drehte sich dann erschrocken um und sah ihn an.

„Musst du nicht arbeiten?"

„Stört es dich, dass ich hier bin?", fragte sie kratzig.

Torben zog die Tür wieder zu, ging ins Bad, nahm eine Dusche und legte sich ins Bett. Er lag noch nicht ganz, da schlief er auch schon ein.

Er spürte, dass sie auf dem Bett saß, aber er hatte die Augen noch geschlossen. Er wusste nicht, wie lange er geschlafen hatte, aber nun fühlte er sich besser. Langsam drehte er sich auf den Rücken und öffnete die Augen. Unsicher sah sie ihn an. „Komm mal her", sagte er sanft und klopfte dabei auf seine Seite.

„Es tut mir leid wegen vorhin", flüsterte sie zaghaft.

„Komm doch mal her zu mir, oder ist da irgendetwas, was ich wissen müsste?"

„Was meinst du?"

„Nun, wenn du dich zum Beispiel für Alexander entschieden hast, wäre das ein Grund, warum du dich nicht neben mich legen möchtest."

Ihre Gesichtszüge entspannten sich, und nun rutschte sie langsam zu ihm und kuschelte sich an ihn.

„Schon besser", raunte er in ihr Haar hinein. „Weißt du, was der Unterschied zwischen dir und mir ist?"

„Du bist ein Mann und ich eine Frau?"

„Hm, ja, das auch. Aber ich bin nackt und du bist angezogen. Ich finde, das sollten wir ändern."

„Du meinst, dass du dich anziehen solltest?" Ihre Stimme war nun entspannter, und er hörte regelrecht ein Lächeln heraus.

„Eigentlich meinte ich eher, dass du dich auch ausziehen solltest."

„Ich würde gerne mit dir reden."

„Und ich würde jetzt gerne mit dir schlafen. Am liebsten wäre mir, wenn du dich auf mich setzt und ich mir dabei deine schönen Brüste ansehen kann." Er wusste, dass sie es liebte, wenn sie darüber sprachen und dass es sie zusätzlich anheizte.

„Du bist unmöglich, Torben."

„Ja, aber genau deswegen liebst du mich doch, oder?"

Später lagen sie schwer atmend nebeneinander.

„Wir haben wieder nicht zusätzlich verhütet Torben."

„Was soll's...", murmelte Torben nur.

„Was soll's? Torben!"

„Maus!" Er lehnte sich über sie und küsste sie zärtlich. „Was wolltest du mit mir bereden?"

„Was weißt du über Alexander?"

Er schniefte kurz und warf sich auf den Rücken zurück.

„Warum hast du mir nichts gesagt, und seit wann weißt du das alles?"

„Ist das wichtig? Was hat er dir denn erzählt?" Torben war sauer, jetzt wurde er doch zum Buhmann. Das war genau das, was er verhindern wollte.

Julia setzte sich auf und zog die Decke höher. Langsam wurde es draußen dunkel und sein Magen knurrte.

„Ich weiß nicht, wo ich anfangen soll."

„Hast du dich denn mittlerweile für einen von uns entschieden?" Das klang etwas genervt, das musste sich Torben selber gestehen. Aber da musste sie wohl nun durch.

„Hast du eigentlich gar keinen Hunger?", fragte sie leise.

Torben sah auf. „Machst du dir nun Sorgen um mich, oder willst du vom Thema ablenken?"

„Meist bist du so knurrig drauf, wenn du hungrig bist."

Nun lachte Torben leise, drehte sich auf sie und sah sie an.

„Also essen wir und reden dabei?"

„Gerne. Ich habe aber nicht eingekauft, und dein Kühlschrank ist leer."

„Wir hätten noch gefrorene Pizza im Angebot, oder wir probieren den Lieferservice aus? Oder wir fahren irgendwohin und essen dort. Was möchtest du lieber?"

Julia strahlte ihn an und küsste ihn dann leidenschaftlich.

„Wow, habe ich etwas Falsches gesagt?", lachte er, nachdem er sich von ihr löste.

„Nein, alles gut. Ich liebe dich!"

Torben zuckte mit der Augenbraue.

„Würde es dir sehr viel ausmachen, mit mir ins Steakhaus zu fahren?"

„Nein." „Nein, was?" „Nein, das macht mir nichts aus. Ich würde mich freuen, dich auszuführen. Wie kommst du auf Steakhaus?" „Weiß nicht. Geht das nicht?" „Doch, natürlich. Aber ich sollte mich vielleicht vorher rasieren."

Eine Stunde später saßen sie dann im Steakhaus und bekamen ihr Essen serviert.

„Hast du dich heute krank gemeldet?"

„Ähm, ja und nein. Erst hatte ich angerufen und mich krank gemeldet, aber hinterher habe ich noch einmal mit dem Chef gesprochen, und er sagte mir, dass ich das als einen Urlaubstag abrechnen könnte."

„Okay. Ehrlichkeit zahlt sich halt doch aus."

„Ja."

Einen Moment aßen sie schweigend.

„Ich war nicht ganz fair zu dir, glaube ich."

„Zu mir? Ich hatte nicht den Eindruck. Genaugenommen hattest du ganz schön viel um die Ohren und warst stellenweise ganz schön durch den Wind."

„Du hast viel Geduld mit mir gehabt."

„Wenn du meinst."

„Ich habe letzte Nacht noch mit Alexander telefoniert."

„Aha."

„Es war in der Tat so, dass er verletzt an einem Strand angeschwemmt wurde und sein Gedächtnis verloren hatte.

Das kam jedoch nach vier Monaten quasi über Nacht plötzlich wieder. Er rief bei seinem Vater an, der daraufhin zu ihm nach Hawaii kam. Er erzählte ihm von den Schwierigkeiten in der Firma, der Steuerfahndung und so weiter. Sie entschlossen sich, dass er erst einmal untergetaucht blieb. Zwei Wochen später stolperte er über ein Luxus-Ressort, das zum Verkauf stand. Sie kauften es und er führte es. Immer wieder hatte er mit dem Gedanken gespielt, mich zu sich zu holen, aber sein Vater überredete ihn jedes Mal, noch abzuwarten. Die Zeit wäre nur so dahingerast, und sein Vater kam auf die Idee, ihn für tot erklären zu lassen. Er sollte dann mit mir reden, mich einweihen und zu Alexander bringen. Aber der Vater wollte das wohl nicht, gesagt hat er mir jeden Fall nichts. Dann lernte ich dich kennen. Alexander erfuhr wohl jetzt vor kurzem davon und kam deshalb hierher."

„Unter welchem Namen?"

„Weiß ich nicht genau. Er hat ihn mir gesagt, aber ich habe es vergessen. Du wusstest das alles, nicht?"

„Ja, seit Samstag." Der Ober kam und räumte die Teller weg. „Warum hast du mir nichts gesagt?"

„Wie hättest du reagiert, wenn ich dir das gesagt hätte?"

Julia sah ihn eine Weile an und nickte dann. „Vermutlich hast du Recht."

„Was wird nun?"

„Alexander wollte heute zum Amt gehen und alles klären, wobei er dort angeben wollte, dass er erst vor zwei Wochen das Gedächtnis zurückerlangt hätte. Bitte unternimm nichts."

Torben lächelte leicht. „Warum sollte ich?"

„Du bist Polizist!"

„Und? Ich bin kein Weltretter. Ist nicht meine Baustelle, und es kommt ja keiner dabei zu Schaden, oder?"

Torben sah im Eingangsbereich seinen Vater mit einigen Geschäftsleuten eintreten und stöhnte innerlich auf.

„Herr Eckhard, das ist ja schön, dass ich Sie hier treffe!" Torben sah auf: Der Polizeipräsident sah ihn an und reichte ihm die Hand. Dann wandte er sich Julia zu. „Ihre Frau?"

Auch ihr reichte er die Hand, die Julia überrascht dreinschauend automatisch schüttelte.

„Fast. Noch ist sie nur meine Freundin."

„Sehr schön." Dann drehte er sich wieder Torben zu. „Wie ich hörte, hat die Beförderung geklappt und wird bereits umgesetzt. Ich freue mich wirklich sehr und weiß, dass wir mit Ihnen einen sehr fähigen Mann im Kader haben."

„Danke." Torben brauchte so etwas nicht, und er sah Julias irritierte Blicke.

„Ich gehe ja jetzt davon aus, dass wir beim nächsten Polizeiball mit Ihrem Erscheinen rechnen dürfen. In Ihrer jetzigen Position dürfen Sie da nicht mehr fehlen. Erst recht nicht, wenn Sie so eine attraktive Begleitung haben, es zählen keine Ausreden mehr. Ich setze Sie beide auf die Liste, einverstanden?"

Wer kann dazu schon nein sagen, dachte Torben und nickte nur.

„Torben. Oh, guten Abend, der Herr Polizeipräsident persönlich." Torbens Vater begrüßte überschwänglich Torbens Gesprächspartner.

„Herr Eckhard, Münchens Staranwalt in Person!" Der Polizeipräsident lachte amüsiert und reichte seinem Vater die Hand. Dann drehte er sich zu Torben. „Ich wünsche Ihnen beiden noch einen schönen Abend. Herr Eckhard." Damit verließ er den Tisch. Torbens Vater sah ihm kurz nach. Offensichtlich hatte er sich von dem zufälligen Treffen mehr versprochen.

„Du hättest mit uns essen können", sein Vater musterte Julia von der Seite.

„Julia, darf ich dir meinen Vater vorstellen. Vater, das ist Julia."

Er reichte ihr auch kurz die Hand. „Julia?"

„Ja, Vater. Wenn du uns dann bitte entschuldigst. Ich glaube auch, deine Gäste warten bereits auf dich." Torbens Tonfall wurde hart, und sein Vater verabschiedete sich direkt.

Dem vorbeigehenden Kellner gab Torben Zeichen, dass er zahlen wollte. Kurz darauf brachte dieser die Rechnung.

„Wir zahlen getrennt", sagte Julia freundlich zu dem Kellner.

„Seit wann das denn? So ein Quatsch. Was kriegen Sie?" Torben sah Julia irritiert an, zog sich die Rechnung heran und reichte dem Kellner das Geld hinüber. Im Auto drehte er sich dann noch einmal zu Julia. „Wo war denn jetzt dein Problem, Madame?"

„Bist du sauer?"

„Etwas. Wir waren doch nicht das erste Mal zum Essen aus und haben noch nie getrennt gezahlt."

„Aber ich habe auch vorher noch nie den Wunsch auf so ein exklusives Restaurant geäußert."

Sauer schnaubte Torben. „Das war auch das letzte Mal, wenn du dir noch einmal so einen Quatsch überlegst." Er startete den Wagen.

Julia griff nach seinem Arm. „Torben, bitte sei nicht sauer."

„Doch, die zwei Minuten musst du mir jetzt gönnen." Damit fuhr er los. „Warum, Julia? Wovor hast du Angst? Dass du deine Selbständigkeit aufgibst?"

An der roten Ampel sah er kurz zu ihr herüber. Ganz geknickt saß sie zusammengesackt da, sodass es ihm gleich einen Stich versetzte. Sanft legte er eine Hand auf ihren Oberschenkel und drückte den leicht.

„Es tut mir leid, Torben."

„Okay." Er fuhr wieder an.

„Ich…"

Wieder legte er seine Hand nach dem Schalten auf ihren Oberschenkel. „Lass gut sein, Maus. Es waren extreme Tage. Wir müssen nicht alles ausdiskutieren."

„War das vorhin dein Chef?"

„Genaugenommen der oberste Chef der Münchener Polizei, ja."

„Wovon hat er gesprochen? Habe ich etwas verpasst?"

Torben fuhr in die Tiefgarage, parkte in seiner Parkbucht, machte den Wagen aus und drehte sich zu Julia um. „ Das hat sich erst am Freitag ergeben, und wir hatten die letzten Tage auch so genug Baustellen, meinst du nicht?"

„Wann wolltest du es mir denn sagen?"

„Zum Beispiel, wenn du mir sagst, dass du Alexander in den Wind schießt und dich für mich entscheidest."

Julia sah ihn nur an. Torben klopfte auf das Lenkrad und stieg aus. Julia blieb noch einen Moment sitzen, folgte ihm dann aber doch.

Oben stand er in der offenen Wohnungstür und wartete auf sie. „Schmollst du jetzt?", fragte er grinsend.

„Das ist nicht lustig, Torben."

„Doch, finde ich schon."

Sie ging an ihm vorbei ins Wohnzimmer. Torben holte ihnen etwas zu trinken und setzte sich dazu. Er sah sie an und überlegte, ob, bzw., was er sagen sollte. Aber er war sich nicht sicher. Es war wirklich einfach zu viel in den letzten Tagen und das Schlimme war, er könnte sie schon wieder vernaschen.

„Was machen wir denn, wenn ich wirklich schwanger bin?"

„Bist du nicht."

„Und wenn doch?" Ihre Stimme wurde hektisch, fast hysterisch.

„Was soll das denn jetzt, Julia? Wenn du schwanger bist, trägst du es aus, wirst Mutter und ich Vater."

„Du nimmst mich nicht ernst."

„Nein, Julia, das kann ich auch im Moment nicht. Ich weiß gerade nicht, was du von mir erwartest. Von mir aus stehen dir alle Türen offen, aber von dir kommt nichts."

Julia senkte wieder den Kopf.

„Mensch, Julia. Ich erwarte doch nun wirklich überhaupt nichts. Noch nicht einmal, dass du dich endlich entscheidest. Oder habe ich dich je unter Druck gesetzt?"

„Soll ich besser gehen?"

„Boah!" Torben stöhnte laut auf, verließ das Wohnzimmer, zog sich aus, ging unter die Dusche und dann ins Bett. Eigentlich war es zu früh, und eigentlich war er auch nicht müde, aber er wusste mit Julia gerade nicht umzugehen. Er lag bestimmt eine Stunde im Bett, als er hörte, dass Julia ins Badezimmer ging und dann wieder herauskam. Danach war wieder alles still.

Die schläft doch jetzt nicht im Wohnzimmer, oder doch? Torben überlegte kurz, stand dann auf, ging rüber und tatsächlich lag sie da in der Wolldecke gewickelt. Torben ging zur Couch, hob sie hoch und trug sie ins Schlafzimmer.

„Du bist sauer auf mich", sagte sie leise.

„Ja, aber deshalb musst du trotzdem vernünftig schlafen, und wir wollen doch wohl jetzt nicht kindisch werden, oder?"

„Ich finde nicht, dass ich kindisch bin", knurrte sie und legte die Arme um seinen Hals, um sich festzuhalten.

„Doch bist du." Er legte sie auf ihre Bettseite, deckte sie zu, ging auf seine Seite und legte sich wieder hin.

„Ich kann das nicht, Torben."

„Was kannst du nicht?" Er drehte sich auf die Seite und sah sie an. Das kleine Nachttischlämpchen auf ihrer Seite war noch an, alles andere war schon dunkel.

„Ich kann nicht mit dir in einem Bett liegen und dich nicht berühren dürfen."

Laut lachte Torben auf. „Oh Maus. Du bist immer wieder für eine Überraschung gut!" Aber er sah sie nur an, schmunzelnd, abwartend. „Machst du gleich noch dein Licht aus?"

„Muss ich?"

„Seit wann schläfst du mit Licht? Von mir aus lass es auch an." Torben amüsierte sich köstlich und hatte Schwierigkeiten es nicht zu sehr zu zeigen. Nein, er war nicht mehr sauer. Sie war so süß, und er wollte sie behalten, bei sich haben und vor allem wollte er sie lieben. Aber es wurde Zeit, dass sie tätig wurde, vor allem, dass sie sich entschied.

„Ich habe das Gefühl, dass du dich lustig über mich machst."

„Nein, so würde ich das nicht sagen, eher, dass ich mich königlich amüsiere."

Julia legte sich nun auch auf die Seite und erwiderte seinen Blick. „Das ist nicht nett, Torben Eckhard."

„Ich habe nie behauptet, nett zu sein." Wieder grinste er frech.

„Erst bist du sauer und dann machst du dich über mich lustig."

„Aber du weißt, dass ich nicht nachtragend bin, und du müsstest doch besser als jeder andere wissen, wie du mich auf andere Gedanken bringen könntest."

Sie schaute ihn nur an.

„Schlaf jetzt. Morgen sieht die Welt schon besser aus."

„Meinst du?"

„Ja, meine ich."

„Schläfst du noch mit mir?"

„Nein. Sollte ich?"

„Darf ich mich wenigstens an dich kuscheln?"

Torben zuckte mit der Schulter und grinste. „Wovor hast du Angst, meine kleine Maus?"

„Ich habe keine Angst vor dir."

„Was diskutierst du denn dann die ganze Zeit mit mir herum?"

Nun endlich schmunzelte auch Julia und legte langsam ihre Hand auf seine Brust.

„Schlafen wir jetzt?"

Julia lächelte. „Eigentlich bin ich nicht müde."

„Hm, was machen wir denn wohl am besten dagegen?"

10. Kapitel

Donnerstagabend saß Julia mit ihrer Freundin Melanie in ihrer Lieblingspizzeria. Nachdem Julia ihr alles erzählt hatte, was in den letzten eineinhalb Wochen so passiert war, sah diese sie prüfend an.

„Du hast dich doch schon für Torben entschieden. Warum fragst du mich denn noch nach meiner Meinung?"

„Das ist alles nicht so einfach. Du hast Recht, eigentlich habe ich mich schon für Torben entschieden, aber die letzten Tage hat Alexander immer wieder das Gespräch gesucht, mir seine Liebe beteuert und…, ach ich weiß doch auch nicht."

„Du weißt, wie sehr ich dich immer um Alexander beneidet habe."

Julia nickte nur leicht.

„Er ist so ein toller Mann. Mit seinen frechen blonden Haaren, er hat einen Surfer-Body, er ist der Schwarm jeder Frau. Ist zuvorkommen, nett und… Mein Gott Julia, du hast ihn doch auch geliebt! Ihr wart schon so lange zusammen! Ihr wolltet heiraten!"

„Ja, aber mit Torben ist das irgendwie anders."

Melanie verdrehte die Augen. „Versteh mich nicht falsch. Ich kann diesen Torben durchaus gut leiden. Aber er ist so ganz anders als Alexander. Er hat dir in einer schweren Zeit gut getan und wieder auf den Weg geholfen. Aber was weißt du schon über ihn?"

Julia überlegte kurz. Melanie hatte Recht. Eigentlich wusste sie nicht viel von ihm.

„Und mal ganz ehrlich: Du und Alexander ihr seid alltagserprobt! Mit euch hat es immer geklappt. Ihr habt bereits über ein Jahr zusammengewohnt. Wie sieht das mit Torben aus? Meinst du, das wird klappen? Du sagst, dass ihr extrem guten Sex habt, aber reicht das für eine langfristige Beziehung aus? Und will er das überhaupt? Alexander will dich so wie du bist."

„Na ganz so ist es ja auch nicht. Immer bestimmt er alles. Die Wohnung ist ganz nach seinem Geschmack eingerichtet. Wenn er chinesisch essen gehen will, gehen wir chinesisch essen. Er fragt nicht, er bestimmt!"

„Das war aber schon immer so, und nie hast du dich darüber beschwert. Hast du ihn denn schon einmal darauf angesprochen? Vielleicht ist es ihm gar nicht bewusst, dass er dich quasi damit überfährt oder bevormundet."

Prüfend sah Melanie Julia nun an. Und Julia musste sich eingestehen, dass sie Recht hatte. Alexander war immer sehr großzügig und umsorgte sie. Vielleicht empfand er es gar nicht so wie sie.

„Und meine Liebe, wenn ich dich einmal daran erinnern darf, hat er dich damals mit in sämtliche Möbelgeschäfte geschleppt, und damals warst du von der edlen und teuren Einrichtung geradezu begeistert."

Ihre Pasta wurde serviert, und sie widmeten sich einen Moment dem Essen.

„Ich habe Alexander vorgestern in der Stadt gesehen. Er sieht großartig aus. Braungebrannt war er ja schon immer, aber jetzt! Er macht auch einen, sagen wir mal, erwachsenen und reiferen Eindruck. Die Zeit dort unten hat ihn bestimmt auch beeinflusst und geprägt. War bestimmt nicht einfach für ihn."

„Hast du mit ihm gesprochen?"

„Nein. Er hat nur kurz gegrüßt und ging dann weiter. An seinem Wagen blieb er stehen und hat sich mit einem älteren Mann unterhalten. Aber die ganze Haltung und Gestik, die er hatte, sprach einfach aus, dass er reifer geworden ist. Wenn wir ehrlich sind, war er ja schon immer ein Sunnyboy. Ist das eigentlich sein neuer Wagen?"

„Weiß ich nicht. Da haben wir nicht drüber gesprochen. Kann ich mir nicht vorstellen, dass man so einen Wagen innerhalb weniger Tage zu Kaufen kriegt."

Es sei denn, man stielt alles schon Wochen vorher ein, überlegte Julia dann und ärgerte sich doch wieder darüber, dass er ihr monatelang verheimlicht hatte, dass er noch lebte.

„Vermutlich ist er nur gemietet. So etwas zahlt der alte Guthoff doch sicherlich auch aus der Portokasse."

„Ist es das?" „Ist es was?" „Soll ich bei Alexander bleiben, weil er reich ist, weil er und seine Eltern so viel Geld haben, dass drei Generationen davon gut leben könnten?"

Irritiert sah ihre Freundin sie an. „Du hast wirklich überhaupt keine Ahnung, oder?" „Wovon sprichst du bitte?" „Also, wenn wir eine Pro- und Kontraliste erstellen würden, was für Alexander oder für Torben spräche, und wir kämen zu dem Punkt Geld. Was würde dann wo stehen?"

„So eine Liste erstelle ich aber nicht."

„Der Punkt bei Alexander ist schnell beantwortet. Er selber ist reich, hat mehrere eigene Ressorts und wird irgendwann als einziges Kind das gesamte Vermögen seiner Eltern erben." „Du bist geschmacklos, Melanie." „Was steht bei Torben?" „Keine Ahnung. Er wird sein Auskommen haben. Ich denke, er verdient auch nicht schlecht als Kripo-Beamter."

„Wie lange seid ihr jetzt zusammen?" Bevor Julia antworten konnte, winkte Melanie ab. „Du hast keine Ahnung. Er lässt dich überhaupt nicht wirklich in sein Leben. Alexander hat nie Geheimnisse vor dir gehabt, oder?"

„Also wenn er telefonierte, ging er immer in sein Arbeitszimmer und schloss die Tür hinter sich."

„Waren vermutlich geschäftliche Gespräche? Vielleicht wollte er dich damit nicht belasten?"

„Hm." Julia wurde immer unsicherer. Vielleicht hatte ihre Freundin Recht.

„Was ist mit der Wohnung von deinem Torben?" „Was meinst du?" „Wohnt er da zur Miete?" Julia zuckte mit den Schultern. „Keine Ahnung. Torbens Vater ist auch sehr reich, aber er kommt nicht gut mit ihm aus, glaube ich."

„Glaube ich? Also hast du seine Familie noch nicht einmal kennengelernt?" Julia sah Melanie nur an. „Ich sage dir jetzt mal etwas: Dein Torben ist stinkreich. Die Wohnung ist seine Eigentumswohnung in einer Luxusanlage. Vor ein paar Jahren hat er von seinem Patenonkel ein riesiges Aktienpaket geerbt, das selbst nach dem tiefen Aktiencrash noch über 1,2 Millionen wert war." Melanie lehnte sich zurück und sah ihre Freundin provozierend an.

„Woher weißt du das?"

„Letzten Monat haben wir uns doch auf dieser Ausstellung getroffen. Torben hatte dich begleitet. Ulf hat mir das später erzählt."

„Wie, Ulf hat dir das später gesagt? Was denn genau? Und woher weiß Ulf das?"

„Ulf arbeitet bei der Bank. Damals hatte er gerade in der Aktienabteilung zu tun, als das passiert ist. Das war für diese kleine Bank ein riesiges Ereignis, da die Umschreibung sehr aufwendig war, da das Aktienpaket vorher von einer Frankfurter Bank betreut wurde. Er hat wohl einen kleinen Teil verkauft, sich die Wohnung und solche Kleinigkeiten geleistet, und die restlichen Aktien und Wertpapiere hat er wohl noch." Wieder musterte ihre Freundin sie. „Er hat dir nichts davon erzählt?"

„War bis jetzt ja auch nicht notwendig." Es stimmte, dass Torben nie groß Theater um Geld machte. Wenn sie ausgingen, zahlte er ohne zu fragen. Da sie selber nun nicht wirklich viel als Reisekauffrau verdiente, war sie da auch nicht böse drüber, aber nun passte das. Ja, warum hatte er ihr das nie erzählt? Wiederum, warum sollte er auch. Sie hatten das Thema nie angesprochen. Hätte sie gefragt, hätte er es ihr bestimmt gesagt.

„Erde an Julia? Bist du noch da?"

Irritiert sah Julia auf. „Entschuldige, ich bin mit den Gedanken abgewandert."

„Das habe ich gemerkt, meine Liebe." Melanie lachte laut. „Komm, wir trinken noch einen Cappuccino zum Abschluss."

Melanie bestellte beim vorbeikommenden Kellner noch zwei Cappuccino und räumte die Teller dann auf die andere Tischseite.

„Ich an deiner Stelle würde mir meine Entscheidung noch einmal überlegen. Torben ist ja wirklich ein netter Kerl, und ich glaube dir auch, dass er dir sexuell vielleicht mehr, oder, sagen wir vielleicht, etwas anderes bieten kann als Alexander. Habt ihr beide in der Zwischenzeit schon wieder?"

„Torben und ich?" „Nein, Alexander und du?"

Julia seufzte kurz auf. „Wir wollten, aber er konnte nicht." Melanie verschluckte sich direkt. „Bitte?"

„Na ja, es war,... also, an einem Abend bin ich in seinen Armen weich geworden und es war wie früher. Ich meine, es ist richtig, wenn du sagst, dass ich ihn ja mal geliebt habe, und damals habe ich auch nie etwas vermisst. Ich war auch sexuell ausgefüllt. Aber so viele Erfahrungen hatte ich ja nun auch noch nicht. Bei Torben ist das anders...."

„Bleib jetzt bei Alexander!"

„Wir landeten im Bett, und als wir ausgezogen nebeneinander lagen, überkam es Alexander. Er kam. Danach bekam er ihn nicht mehr..., also du weißt schon."

„Mein Gott Julia. Der Mann ist verrückt nach dir, verzehrt sich seit Monaten nach dir, muss erfahren, dass du mit einem anderen zusammen bist, weil du glaubst, dass er tot ist, dann taucht er in deinem Leben wieder auf, und er muss um dich kämpfen, gewinnt anscheinend endlich und ist von seinen Gefühlen so überwältigt, dass er... Also einen größeren Liebesbeweis gibt es doch gar nicht."

„Du bist bekloppt, Melanie."

„Für ihn ist das bestimmt nicht einfach gewesen. Die ganzen Tage sich nach dir zu verzehren und dann zu versagen, noch dazu, wo er so einen Hengst als Konkurrenten hat."

„Rede nicht so unkultiviert."

„Und das es ihm peinlich war, und er dann keinen mehr hochbekam, ist auch verständlich. Du hättest ein wenig mehr Verständnis für ihn haben müssen."

„Was du natürlich gehabt hättest. Willst du ihn haben?"

„Mich will er nicht. Und ja, ich würde einen Alexander nicht wegstoßen. Übrigens auch ohne Geld. Der Mann ist einfach…"

„Lass es gut sein, Melanie!"

„Es war ja nett, dass Torben da war und dir eine schöne Zeit beschert hat, aber nun ist Alexander wieder da, und da solltest du dich von Torben lösen."

Knurrig blickte Julia auf den Cappuccino, der ihr soeben serviert wurde. „Was bin ich für dich gewesen? Nur ein Platzhalter?", fielen Julia Torbens Worte wieder ein.

„Wir möchten dann auch gerne zahlen!"

„Möchten wir das?" Melanie sah Julia fragend an.

„Ja. Ich bekomme Kopfschmerzen. Du solltest mir beistehen, Melanie, mich unterstützen. Aber du hast mich nur wieder völlig durcheinander gebracht."

Schweigend tranken sie ihren Cappuccino aus, bezahlten dann und verabschiedeten sich voneinander. Julia stand an der Bushaltestelle und wartete auf den Bus. Sie zog ihr Handy heraus und rief Torben an.

„Eckhard", meldete er sich und war offensichtlich weit weg mit den Gedanken.

„Julia hier."

„Ah. Hallo Maus. Das ist gut, dass du anrufst. Ich wollte dir eh schon Bescheid sagen, dass ich heute später komme. Oh, ist es echt schon nach neun Uhr?"

„Du bist nicht zuhause?"

„Ähm, nee, ich bin noch im Büro. Bist du nicht zuhause? Wo bist du?"

„Ich war mit Melanie in der Pizzeria, hatte ich dir aber doch erzählt."

„Ach ja, entschuldige. Ich habe gerade viel um die Ohren. Ich muss mal sehen, vielleicht kann ich in einer Stunde Feierabend machen."

„Wegen mir nicht. Ich schlafe heute Nacht nicht bei dir. Ich gehe in die Wohnung zurück."

Einen Moment war es ruhig. „Warum? Was ist passiert?"
„Ich muss nachdenken."

Torben prustete kurz los. „Nachdenken? Bei Alexander in der Wohnung?"

„Mein Bus kommt, Torben. Lass uns morgen telefonieren. Pass auf dich auf." Bevor Torben noch etwas sagen konnte, hatte sie schon aufgelegt. Der Bus hielt und Julia stieg ein. Warum tat das nur so weh? Das konnte doch nicht richtig sein, wenn es ihr solche Schmerzen verursachte, oder?

Als sie die Wohnungstür aufschloss, sah Alexander sie erstaunt an. „Ich würde gerne die Nacht hier verbringen, wenn das für dich in Ordnung ist", stammelte sie leise und auch ein Stück verlegen.

Alexanders Miene hellte sich sofort auf. „Selbstverständlich. Das ist doch hier auch dein Zuhause." Er kam langsam auf sie zu, aber Julia hob die Hände, um ihn auf Abstand zu halten.

„Bitte Alexander. Ich möchte eigentlich nur duschen und ins Bett. Ich habe Kopfschmerzen und möchte noch ein wenig nachdenken."

„Alles was du willst, Darling. Soll ich dir einen Tee kochen? Ich meine, du kannst den mit ins Schlafzimmer nehmen. Ich lasse dich völlig in Ruhe. Ich würde alles tun, damit du in meiner Nähe bist."

Julia schloss kurz die Augen. Was für eine Situation! Was hatte sie sich nur dabei gedacht. „Danke, ich will nur duschen und ins Bett."

Sanft strich er ihr über die Wange und wich dann wieder zwei Schritte zurück. „Wenn du etwas brauchst, sag einfach Bescheid."

Julia nickte, zog Mantel und Stiefel aus, dann ging sie ins Bad. Kurz danach verschwand sie im Schlafzimmer, und bevor sie einen weiteren Gedanken fassen konnte, war sie auch schon eingeschlafen.

Am nächsten Morgen schlich sie sich früh aus der Wohnung. Alexander war abends offensichtlich vor dem Fernseher eingeschlafen und lag nun in eine Decke gewickelt auf der Couch. Kurz betrachtete sie sein Profil. Melanie hatte Recht, er war schon ein toller Mann, und auch mit vielem anderen hatte sie Recht. Eigentlich hatte sie Alexander nie wirklich eine Chance gegeben.

Nun saß sie an ihrem Schreibtisch. Draußen prasselte der Regen stürmisch an die Fensterfront. Die Fußgängerzone war völlig verwaist. Nur hin und wieder huschten einige Leute von Eingangsbereich zu Eingangsbereich.

„Ruhig, heute Morgen." Ihr Chef kam nach vorne und legte einen Stapel neuer Kataloge ins Regal.

„Ja, gespenstisch ruhig. Noch nicht einmal das Telefon klingelt oder eine Mailanfrage kommt rein."

„Wir hatten letztens über diese Reisegeschichte gesprochen. Ich hätte für Februar so eine Reise geplant. Portugal. Drei Wochen. Sie würden vier verschiedene Gegenden und entsprechende Hotels checken. Es wäre schön, wenn sie zu zweit fliegen könnten. Eine Freundin, oder ein Freund. Für die zweite Person würden 100 Euro Kosten pauschal für den Flug entstehen, alles andere würden wir übernehmen. Dafür müsste der- oder diejenige dann jeweils einen einseitigen Fragebogen ausfüllen bezüglich der Sauberkeit etc. Haben Sie Lust?"

„Grundsätzlich schon."

„Dann überlegen Sie es sich doch einfach mal übers Wochenende und geben mir am Montag oder Dienstag Bescheid." Damit ging er nach hinten in sein Büro, und Julia war wieder alleine. Da ihre Kollegin heute Morgen bei einem wichtigen Arzttermin war, hatten sie auch die Arbeitszeiten getauscht. Julia arbeitete heute bis 13 Uhr, dann würde die Kollegin kommen und übernehmen. Auch hatte sie morgen endlich mal wieder ihren freien Samstag. Aber wirklich darüber freuen konnte sie sich nicht. Genaugenommen wusste sie noch nicht einmal, wo sie nach Feierabend hingehen sollte.

Obwohl das ja Quatsch war. Sie ging in die Wohnung zurück. Sie wohnte schließlich noch da, und Torben musste sicherlich sowieso arbeiten.

Er fehlte ihr. Es war schon zehn Uhr, und er hatte noch nicht einmal angerufen. Ob sie sich einfach mal melden sollte? Die Eingangstür öffnete sich und Julia schaute auf. Guthoff Senior trat ein und sah sich um.

„Guten Morgen", begrüßte sie ihn und versuchte, sich dabei neutral und doch freundlich anzuhören.

„Julia. Einen guten Morgen wünsche ich dir auch." Er kam an ihren Schreibtisch und setzte sich direkt auf einen der Besucherstühle. „Zuerst möchte ich mich bei dir entschuldigen, Julia. Ich war zu feige, dir die Wahrheit zu sagen."

Julia fröstelte plötzlich.

„Es ist alles meine Schuld. Alexander hatte von Anfang an gewollt, dass ich dich zu ihm führe." Abwartend musterte er sie, dann sah er kurz hinter ihr in den Gang. Julia sah sich um, aber ihr Chef hatte die Tür geschlossen.

„Bitte bestrafe Alexander nicht für mein Fehlverhalten. Ich weiß, dass du es nie einfach mit mir hattest. In den letzten Monaten konnte ich dir schon gar nicht mehr in die Augen schauen und habe dann dummerweise auch noch zugelassen, dass du die Firma verlässt." Er öffnete den durchnässten Mantel und schlug ihn etwas auf.

„Wir sollten auf der Vergangenheit nicht mehr groß herumreiten", hörte Julia sich sagen und war selber überrascht, wie klar und ruhig ihre Stimme war.

„Ich, wir, und vor allem Alexander, möchten gerne, dass du wieder zu uns zurückkommst." „Beruflich?"

„Auch, ja. Du kannst auf eigenen Beinen stehen. Alexander möchte gerne in Kuba ein neues Ressort eröffnen. Flieg doch mit ihm. Ihr müsst ja nicht zwingend gleich heiraten. Wenn du Zeit brauchst, verstehen wir das alle, ganz besonders Alexander. Wir würden dich wieder einstellen. Er wird der Manager des Ressorts, du Chefin des

Rezeptionsbereiches. Wir zahlen dir ein monatliches Gehalt von 3.000 Euro."

Julia öffnete erstaunt die Augen. „Gut. 3.500, von mir aus auch 4.000, aber bitte, Julia, überlege es dir. Ihr wart doch so glücklich und passt so gut zusammen."

Die Eingangstür öffnete sich, und ein älteres Ehepaar kam herein.

„Bitte, überlege es dir und sprich mit Alexander. Wenn du Deutschland nicht verlassen möchtest, würde er für dich sogar hier bleiben."

„Ich danke dir für dein Angebot und deine offenen Worte. Ich werde darüber nachdenken."

Er nickte erleichtert. Offensichtlich schien ihm der Gang sehr schwergefallen zu sein.

„Was ist eigentlich, wenn ich von dem anderen Mann schwanger bin?" Sie wusste nicht, wieso ihr das herausgerutscht war, aber nun war es draußen. Eigentlich hatte sie nun mit einem entsetzten Blick gerechnet. Aber er strahlte geradezu. „Bist du schwanger?"

„Ich,... ich weiß es nicht, aber die Möglichkeit besteht."

„Das wäre doch großartig. Wir würden uns alle freuen. Das Kind wäre eines von uns. Mach dir keine Sorgen. Wirklich nicht, Julia."

„Das ist nicht dein Ernst, oder?"

„Du weißt es nicht? Ich habe ihm damals gesagt, dass er vor der Hochzeit mit dir darüber reden sollte. Du bist eine junge Frau, die sich sicherlich eine Familie und auch Kinder wünscht. Ich fand, dass du es wissen solltest."

„Was wissen sollte?"

Er atmete tief ein, stand auf und reichte ihr die Hand zum Abschied. „Alexander kann keine Kinder zeugen, Julia."

Auch sie stand auf und reichte ihm die Hand. Er drückte sie lange, zu lange, wie Julia fand, verabschiedete sich dann aber und ging. Sie war froh über die Ablenkung durch das Ehepaar, das sie auch die gesamte nächste Stunde in Beschlag nahm, weil sie sich so überhaupt nicht einig wurden. Aber heute machte Julia das überhaupt nichts aus und sie nahm sich gern die Zeit.

Alexander war in seinem Arbeitszimmer, als Julia in die Wohnung kam. Er kam kurz mit dem Schreibtischstuhl zur Tür gerollt und schaute hinaus. „Hallo Darling. Du bist aber früh zuhause. Wie kommt´s?"

„Störe ich?"

„Nein!", antwortete er gleich wirklich entsetzt. „Ich freue mich. Ich habe nur noch nicht mit dir gerechnet. Wenn ich gewusst hätte, dass du kommst, hätte ich das Essen schon fertig."

„Essen?"

„Ja, ich war heute Morgen unterwegs und habe auch eingekauft. Ich hoffe, das war in Ordnung. Wir hatten noch nicht darüber gesprochen. Gemüsepfanne wollte ich machen. Hast du Hunger? Die ist in 20 Minuten fertig."

Julia zuckte kurz mit den Schultern, aber ihr Magen antwortete direkt. Sie hatte heute noch nichts gegessen. „Vielleicht ein bisschen."

„Okay, dann koche ich uns etwas. Ich mache das hier nur kurz zu Ende." Damit verschwand er wieder im Arbeitszimmer.

Julia ging ins Schlafzimmer und zog sich um. Sie nahm das Handy und rief bei Torben im Büro an.

„Kripo 3", meldete sich eine Frauenstimme.

„Ich wollte gerne Torben Eckhard sprechen."

„Der ist gerade nicht im Büro, kann ich Ihnen vielleicht helfen?" „Ähm, nein danke, dann rufe ich ihn gleich auf seinem Handy an." „Julia?" „Ja." „Ah, hier ist Katja, seine Kollegin. Ich denke, wir können auch du sagen, oder?" „Sicher."

„Es ist heute etwas ungünstig. Eigentlich darf ich nichts sagen, aber die gesamte Kripo steht in Alarm-Bereitschaft. Es kann also sein, dass er nicht ans Handy geht. Nur, dass du dich nicht wunderst."

„Okay, weiß ich Bescheid. Wie lange kann das denn dauern?"

„Keine Ahnung. Die Männer haben wohl schon die ganze Nacht durchgearbeitet. Wenn ich ihn sehe, sage ich ihm, dass du angerufen hast und dass er dich zurückrufen soll, okay?" „Ja, danke. Tschüss." „Ciao."

Ein ungutes Gefühl machte sich in ihr breit. Sie wusste, dass er einen gefährlichen Beruf hatte, aber wenn man direkt damit konfrontiert wurde, war es plötzlich so viel realer.

Als sie nach ein paar Minuten wieder aus dem Schlafzimmer kam, stand Alexander schon im Küchenbereich und kochte. Sie ging zu ihm und lehnte sich ans Ende der Arbeitsplatte.

„Dein Vater war heute Morgen bei mir im Reisebüro."

Erstaunt zog Alexander die Augenbrauen hoch. „Und was wollte er von dir?"

„Hast du mit ihm gesprochen? Ich meine über uns?"

Alexander schmiss das kleingeschnippelte Gemüse in die Pfanne und drehte sich dann leicht zu ihr. „Natürlich habe ich das. Er ist schuld, dass wir dieses Problem im Moment haben. Was wollte er denn von dir?" Er wirkte angespannt, wie Julia feststellen musste.

„Du hast ihn nicht geschickt?"

Alexander lachte leicht auf, rührte durch die Pfanne und legte einen Glasdeckel darauf. Er kam zwei Schritte auf Julia zu und blieb ganz nah vor ihr stehen. „Geschickt hatte ich ihn vor Monaten, dass er dich zu mir bringt. Jetzt, wo ich wieder in Deutschland bin, kann ich meine Angelegenheiten selber regeln."

„Was hat das eigentlich auf dem Amt ergeben?"

„Was wollte mein Vater von dir?"

„Warst du nicht da?"

„Was ist los mit dir? Du wirkst so angespannt und nervös. Schon die ganze Zeit eigentlich. Mal mehr, mal weniger. Im Moment extrem."

„Das ist doch kein Wunder, oder?"

Er zuckte nur kurz mit der Wimper

„Also?"

„Also was, Julia?"

„Lebst du wieder? Ich meine, offiziell?"

Eine Weile sah er ihr tief in die Augen und Julia bewegte sich genauso wenig wie er. Dann drehte er sich abrupt ab, ging wieder zu seiner Pfanne und rührte erneut durch die Masse. „Ich habe es auf den Weg gebracht, ja. Der Erklärung darüber, dass ich tödlich verunglückt bin, wurde widersprochen. Die Anwälte haben sich darum gekümmert. Ich habe auch neue Papiere, Ausweise, Führerschein und so weiter beantragt, da ja alles weg ist."

Er drehte sich zu ihr. „Möchtest du einen Beweis? Ich habe eine vorläufige Erklärung vom Amt, dass ich auch ich bin und dass ich einen Führerschein besitze und so weiter. Dauert noch ungefähr eine Woche, bis die neuen Papiere fertig sind. Warum ist das so wichtig, Julia?"

Wieder legte er den Deckel auf die Pfanne, kam zu ihr, umfasste mit seinen Händen ihre Taille und zog sie eng an sich heran. „Was wollte mein Vater von dir?"

„Er hat sich dafür entschuldigt, dass er deinem Wunsch nicht entsprochen hat. Außerdem hat er sämtliche Schuld auf sich genommen, was danach passiert bzw. nicht passiert ist, nachdem du dein Gedächtnis wieder zurück hattest, und er hat mir einen sehr gut bezahlten Job auf Kuba angeboten, wo du in Zukunft mit mir leben willst."

Alexander schüttelte verärgert den Kopf. „So ein Blödmann."

„Du willst nicht, dass ich für euch arbeite?"

„Ich möchte, dass du endlich diesen Torben vergisst, mich heiratest und ich dich wieder so lieben darf, wie ich es einst getan habe."

„Also willst du nicht nach Kuba?"

Alexander küsste sie leicht auf den Mund, drehte sich dann ab und deckte den Tisch. „Ganz ehrlich Julia? Mir ist es ganz egal, wo ich lebe. Deutschland ist mir eine Spur zu kalt, aber wenn du Deutschland nicht verlassen willst, bleiben wir hier. Vor unserer Hochzeit hatten wir schon mal mit dem Gedanken gespielt, ins Ausland abzuwandern."

„Aber damals haben wir über Neuseeland gesprochen."

„Neuseeland, Australien, Kuba. Ganz ehrlich? Es gibt so viele schöne Orte. Wir sind jung. Uns gehört die Welt. Wir können das machen, was uns gefällt. Wenn du lieber nach Neuseeland möchtest, werde ich das planen. Kuba ist günstiger und einfacher in der Umsetzung mit den Behörden. Aber ansonsten ist mir das wirklich egal."

„Warum hast du mir nie gesagt, dass du keine Kinder kriegen kannst?"

Alexander spannte sich an. „Hat Vater dir das auch gesagt?"

„Ja."

„Wie kam er dazu?"

„Ich,… ich habe ihm gesagt, dass die Möglichkeit bestünde, von Torben schwanger zu sein."

Alexander zog die Augenbrauen hoch.

„Er meinte, dass das überhaupt kein Problem sei und das Kind herzlich in der Familie aufgenommen werden würde. Dann erzählte er, dass du keine Kinder zeugen kannst. Stimmt das?"

Alexander atmete schwer aus. „Ja. Zu 99 Prozent kann ich keine Kinder zeugen."

„Aber für dich wäre es nicht so einfach, ein fremdes Kind anzunehmen, oder?"

„Dafür müsstest du mir ein bisschen Zeit geben, dass ich darüber nachdenken kann. Bisher war die Notwendigkeit nicht gegeben, dass ich mir darüber einen Kopf gemacht habe."

„Willst du keine Kinder? So im Nachhinein fällt mir auf, dass du das Thema immer gemieden hast. Wir haben nie wirklich darüber gesprochen."

„Was sollte ich denn über einen Kinderwunsch nachdenken, wenn ich keine zeugen kann?"

„Man kann Kinder adoptieren, Alexander. Aber vielleicht wollte ich ja auch keine Kinder, dann hätte sich das Thema doch eh erledigt. Aber gar nicht darüber reden ist eher nicht so schön."

Die nächsten Stunden wurden entspannter. Sie aßen gemütlich zu Mittag. Anschließend setzten sie sich zusammen ins Wohnzimmer und redeten. Er erklärte, warum es nicht einfach für ihn war, darüber zu reden. Irgendwann erzählte er von dem Unfall, wie der Ausflug begann, dass es eigentlich seine Schuld war, dass sie nicht zurück zum Festland fuhren. Er hätte sich gegen seine Freunde, die unbedingt auf dem Meer bleiben wollten, durchsetzen müssen und bekam dabei Tränen in den Augen. Er erzählte von den Eingeborenen, die ihn fanden und pflegten. Wie nach und nach bruchstückhaft die Erinnerungen zurückkamen. Seine erste Erinnerung sei sie gewesen. Er wusste nicht, wer sie war, aber ihr Gesicht und ihr Lachen, hatte er ständig vor Augen gehabt und gewusst, dass er sie endlos liebte.

Es wurde später. Gegen Abend machten sie sich eine Suppe warm und setzten sich dann wieder auf die Couch. Er machte nicht einmal Anstalten, ihr näher kommen zu wollen, und Julia war auch froh darüber.

Es war interessant, was er so erzählte, und sie sah nun auch einiges aus einer anderen Sichtweise, hatte mehr Verständnis für sein Handeln. Sie fühlte sich auch wohl in seiner Nähe, aber ihr wurde auch immer deutlicher, dass sie sich nur wohl bei ihm fühlte. Oder ob sie sich einfach nur zu sehr gegen Alexander verschloss?

Irgendwann wurde die Stimmung gelöster und sie alberten herum, bis Alexander leicht über sie gebeugt lag. Eine Weile sahen sie sich an, bis er sich zu ihr beugte und sie küsste. Julia war hin- und hergerissen. Alles fühlte sich so richtig an. Es war, als wäre es gestern gewesen,…

Da sie seinen Kuss erwiderte wurde Alexander offensichtlich in seinem Tun bestärkt und wurde intimer.

Seine Hände suchten ihre Wege und fanden, was sie suchten, auch Julia wurde immer aktiver. Als sie fast ausgezogen waren, raunte Alexander: „Lass uns ins Schlafzimmer gehen."

Irritiert sah sie auf. „Warum? Ich meine,… Wieso können wir nicht…?"

Alexander strich ihr liebevoll über die Wange. „Hey, was ist los mit dir? Wegen mir können wir uns überall lieben. Du wolltest immer, dass wir ins Schlafzimmer gehen und ich habe das akzeptiert. Wenn es nach mir gegangen wäre, hätte ich dich überall geliebt, wo ich es mir nur vorstellen konnte." Er küsste zärtlich ihre Schläfen, während er weiter ausführte: „Auf der Küchenzeile…,"

Julia kam sofort die Szene in Torbens Küche vor Augen. Er hatte sich noch nicht einmal die Mühe gemacht sie auszuziehen, und sie war so heiß auf ihn, dass er ihr nur das Kleid hochschob, den Slip zur Seite schob und sie nahm.

„Ich liebe dich, Julia."

Julia wurde immer erregter, aber plötzlich war sie viel stärker erregt, ihre Gedanken flogen in alle Richtungen,… Gerade, als Alexander in sie eindrang, ging plötzlich der Fernseher an.

Alexander lachte auf, löste sich von ihr und hob sie leicht an. „Du liegst auf der Fernbedingung, Darling."

Auch Julia musste lachen, drehte sich und sah dabei zum Fernseher. „Was ist das?", fragte sie irritiert.

„Aktuelle Stunde. Ich mache aus." Aber er sah hin und schaltete den Ton dazu. „Eine Schießerei in München. Ich bin immer wieder fasziniert, woher die solches Filmmaterial bekommen."

Julia verlor sämtliche Farbe. „Torben!", schrie Julia entsetzt auf.

Man sah, wie er angeschossen wurde, nach hinten fiel und sich nicht mehr bewegte. Dann wurde das Bild auf eine Reporterin gerichtet. Die Aufnahme schien ein Rückblick gewesen zu sein. Die Reporterin sprach von vielen Verletzten, die meisten waren Polizisten im Einsatz, aber Gott sei Dank gab es keine Toten,…

Julia sprang auf, zog sich in Windeseile an. Sie hatte Panik, fühlte und hörte nichts mehr. Sie wollte nur eines: zu Torben. „Kannst du mich ins Krankenhaus fahren?"

Alexander sah sie sauer, verletzt, gekränkt, vermutlich von allem ein bisschen, an und schüttelte den Kopf. „Ich glaube, jetzt verlangst du ein bisschen viel von mir, Julia."

„Ich flehe dich an, Alexander." Aber dann verstand sie, was sie da wirklich gerade von ihm verlangte. „Oh, entschuldige." Sie zitterte am ganzen Körper wie Espenlaub, zog ihr Handy aus der Tasche und versuchte, ein Taxi zu rufen.

Alexander legte seine Hand zärtlich auf ihre. „Ich fahre dich."

Sie schloss kurz die Augen. Es war so extrem. Dass Alexander das nun für sie tat, das war,… „Danke, Alexander."

„Ich ziehe mir eben etwas an. So schnell wie du werde ich das aber nicht hinbekommen."

11. Kapitel

Torben fluchte laut. „Mensch, das tut weh."

„Habe ich dir nicht schon so oft gesagt, dass du dich von Kugeln fernhalten sollst? Irgendwann werde ich dich hier nicht mehr zusammenflicken können."

„Gerade als mein Freund solltest du ein wenig mehr Mitgefühl für mich haben."

„Jetzt bin ich dein behandelnder Arzt und sage, dass du dich nicht so anstellen sollst. Ich glaube, du weißt gar nicht, was du für ein Glück hattest. Zehn Zentimeter weiter, und ich hätte dich hier nicht mehr zu Gesicht bekommen."

„Gib mir lieber etwas gegen diese extremen Kopfschmerzen", maulte Torben.

„Du hast eine ordentliche Gehirnerschütterung und hast schon ein starkes Schmerzmittel bekommen. Vielleicht denkst du einmal darüber nach, wie stark deine Schmerzen ohne wären und vielleicht wird dir dann einmal bewusst, wie knapp das alles war."

„Mit acht Jahren bin ich vom Fahrrad geflogen und hatte eine schwere Gehirnerschütterung. Ich wusste nicht, dass das bedeutet, dass ich nie mehr in meinem Leben Fahrradfahren darf."

Dr. Enrique Schwarz lachte laut auf. „Ja, das ist wieder so typisch für dich."

Auf dem Flur wurde es unruhiger. „Was ist denn bei euch los?", fragte Torben und lehnte sich stöhnend zurück.

„Bei uns? Das ist die Presse. Die sind auch wegen dir hier."

„Wie geht es den anderen? Ich hörte, dass es noch mehr erwischt hat."

„Ja, zwei Polizisten. Sind nicht ganz so glimpflich wie du davon gekommen, aber es ist auch nichts, was wir nicht wieder hinbekommen. Alles okay soweit."

„Wo ist mein Team? Ist einer von ihnen verletzt?"

„Nein. Gero ist ins Büro gefahren und deine Katja versucht, die Presse von deinem Krankenzimmer fernzuhalten."

„Sie ist nicht meine Katja." „Nicht? Warum hast du sie mir dann nie vorgestellt?" „Sie ist in einer festen Beziehung." „Oh, schade."

„Hast du irgendwo mein Handy gesehen?" „Ähm, ja, Gero sagte irgendetwas. Ich glaube, er hat es. So, nun bist du fertig."

„Sieh zu, dass ich nach Hause komme." „Nix, du bleibst hier. Wenigstens die nächsten drei Tage. Nimm es als bezahlten Urlaub. Wir sorgen sogar für dich." Enrique lachte wieder.

„Dann gib mir mal dein Handy, ich muss telefonieren."

„Das kannst du vergessen. Du legst dich jetzt hin und schläfst."

Torben sah die Schwester an, die sich die ganze Zeit zurückgehalten und den Schlagabtausch beobachtet hatte. „Rufen Sie mir bitte ein Taxi, oder können Sie mir vielleicht meine Kollegin mal reinschicken?"

In dem Moment wurde die Tür geöffnet und Katja steckte den Kopf hinein. „Dürfen wir reinkommen?"

„Ja!", sagte Torben, und der Arzt antwortete lauter: „Nein!"

In dem Moment schob sich eine völlig aufgelöste, kreidebleiche, am ganzen Körper zitternde Julia ins Zimmer und starrte ihn an.

„Oh Maus, da bist du ja. Mach dir keine Sorgen, aber ich glaube, ich brauche ein neues Hemd, in dem da ist ein Loch drin." Sie haute ihm leicht auf die freie Schulter und schluchzte leise auf. „Au!" Lachend zog er sie an sich und küsste sie leidenschaftlich. „Woher weißt du, dass ich hier bin?", raunte er leise.

„Du bist der Fernsehstar von München."

„Aha, deshalb der Presserummel da draußen."

„Ich schaue nachher noch einmal nach dir!"

„Vergiss es, schreib die Papiere zu Ende, ich gehe nach Hause!" „Nein!" Der Arzt und die Schwester verließen das Zimmer. „Ich werde jetzt auch gehen. Brauchst du noch etwas?"

„Ja, einen Wagen, der mich nach Hause bringt." „Aber?" „Julia, hilf mir bitte auf."

In dem Moment kam Enrique wieder rein. „Torben Eckhard. Das war mein Ernst, als ich sagte, dass du hier bleibst." „Vergiss es!" „Du kannst heute Nacht nicht alleine bleiben." „Ich bin nicht alleine. Meine Freundin passt auf mich auf. Wenn sich mein Zustand verändert, ruft sie dich an."

Torben stand auf und griff nach dem kaputten Hemd. Julia ging ihm zwar zur Hand, aber versuchte dennoch ihn zu überreden, die Nacht im Krankenhaus zu bleiben.

Eine halbe Stunde später schlossen sie die Wohnungstür hinter sich. Torben stütze sich leicht bei Julia auf.

„Komm wir gehen ins Bett", sagte Julia und öffnete die Schlafzimmertür.

„Super Idee, aber ich bin etwas matt. Du müsstest heute mal die Arbeit übernehmen." Torben lachte, als er Julias bösen Blick sah. „Ich möchte erst ins Badezimmer. Kannst du mir bitte eben helfen?"

„So frech wie du bist, sollte ich dich das auch alleine machen lassen!"

Er hatte starke Schmerzen und wusste nicht, wie er sich am besten hinlegen sollte. Julia legte dann eine der Wolldecken zusammen und verstärkte ihm den Rücken, danach wurde es langsam besser.

„Was hast du denn jetzt genau?", fragte Julia und legte sich vorsichtig neben ihn.

„Einen Streifschuss. Nichts Dramatisches und eine leichte Gehirnerschütterung. Daher werde ich wohl die nächsten Tage schlafend im Bett verbringen.

„Als ich die Bilder von dir im Fernsehen sah, bin ich fast gestorben."

Torben spürte, wie sie wieder leicht anfing zu zittern. Für ihn war das nun nichts Besonderes. Er war nun schon fast fünfzehn Jahre lang Polizist und kannte solche Situationen, aber für sie war das Neuland. Bisher hatte er sie immer von seiner Arbeit ferngehalten. Er strich ihr sanft über die Wange und zog sie dann leicht zu sich herüber. „Ich würde jetzt gerne mit dir schlafen", raunte er frech.

„Nein, vergiss es. Die nächsten Tage wirst du dich entspannen und erholen."

„Am besten kann ich mich in dir entspannen."

Auf jeden Fall wirkte die Ablenkung und Julia wurde auch lockerer. „Ich muss dir etwas gestehen, Torben."

„Will ich nicht hören. Für mich zählt nur, dass du jetzt bei mir bist."

„Aber, ich…" Leise fing sie an zu weinen. Torben drückte sie nur fester an sich. Kurz darauf schlief Julia ein, aber lange war auch er nicht mehr wach.

Als er wieder aufwachte, war es schon weit nach zehn Uhr. Sein Kopf dröhnte und die Seite mit der Wunde schmerzte. Julia lag neben ihm und schlief noch immer fest.

Vorsichtig schälte er sich aus dem Bett, nahm seine Jeans und schloss beim Verlassen des Schlafzimmers leise die Tür hinter sich.

In der Küche zog er sich die Hose an. Er holte die mitgegebenen Medikamente heraus, füllte sich ein Glas mit Wasser und nahm etwas gegen die Schmerzen ein. Eine Weile saß er dort am Tisch, bis er das Gefühl hatte, dass der Schmerz langsam weniger wurde.

Julia tauchte in der Tür auf und sah ihn an. „Warum hast du mich nicht geweckt?"

Sie sah so süß zerknautscht aus, und sein T-Shirt, das ihr viel zu groß war, konnte sie locker als Kleid tragen. Ihre langen schlanken Beine wurden aber dadurch super betont, und auch ihre sonstigen Kurven waren mehr als nur zu erahnen. „Du bist so sexy, weißt du das?"

„Und du bist unmöglich!"

Als es an der Wohnungstür schellte, sahen sich beide an. Torben stand auf. Noch immer hatte er nur die Jeans an. Der Verband verlief quer über die Brust. Als er die Tür öffnete, stand sein Vater vor der Tür.

„Torben, Gott sein Dank, du bist zuhause. Ich habe mir solche Sorgen gemacht." Sein Vater schritt direkt in den Flur und sah in die Küche.

„Julia kennst du ja. Was willst du?"

„Ich will wissen, wie es dir geht!"

„Ich lebe noch, und nun geh."

Torbens Vater schnappte nach Luft. „Ich weiß, wir hatten oft Meinungsverschiedenheiten, aber du bist mein Sohn. Ich habe mir Sorgen gemacht."

„Brauchst du nicht. Und soweit ich weiß, vertrittst du die Gegenseite, also geh."

„Was redest du denn da?"

„Gonzales? Der Clan ist doch jetzt dein Mandant, oder nicht? Also geh."

„Ich weiß nicht, was du meinst, Torben."

„Du hast dich entschieden, Vater. Die falsche Seite, wie ich finde. Aber dann soll es so sein. Geh bitte."

Noch einmal sah er zu Julia herüber, dann zu Torben, nickte, drehte sich zur Tür und sagte. „Ich melde mich!" Damit ging er wieder.

„Julia, Maus, kannst du bitte die Flasche Wasser mit rüber ins Schlafzimmer bringen? Ich muss mich noch mal hinlegen." Damit verzog er sich wieder direkt ins Bett, Julia folgte ihm.

Den Rest des Wochenendes verschlief Torben. Zwischendurch wachte er auf, ging ins Bad, trank oder aß etwas. Julia wich die ganze Zeit anscheinend nicht von seiner Seite, kochte leichte Sachen, reichte ihm die Medikamente und war einfach nur da.

Montagmorgen wachte er auf und war alleine im Schlafzimmer. Es regnete draußen, und es war wolkenverhangen und dunkel, daher konnte er absolut nicht abschätzen, wie spät es war.

Er hörte Julia irgendwo in der Wohnung. Offensichtlich telefonierte sie. Er hörte sie immer mal wieder reden, aber keine zweite Stimme. Auch verstand er nicht, was sie sagte, aber sie telefonierte sehr lange.

Torben quälte sich aus dem Bett. Der Kopf drückte nur noch leicht, und der Schmerz an der Seite war auch inzwischen aushaltbar. Duschen würde er gerne, aber das ging mit diesem Verband nicht. Er musste zu seinem Hausarzt, so oder so. Aber ob er Autofahren durfte? Er ging ins Badezimmer und machte sich, soweit er konnte, frisch.

Als er später wieder herauskam, stand Julia in der Wohnzimmertür und lächelte ihn unsicher an. „Guten Morgen, Torben. Wie geht es dir?"

Er ging zu ihr hin, zog sie in den Arm und küsste sie leidenschaftlich. „Guten Morgen. Besser", antwortete er, löste sich dann von Julia, um sich etwas im Schlafzimmer anzuziehen.

„Praxis Doktor Meinert", meldete sich die Sprechstundenhilfe, als Torben dort anrief.

„Eckhard. Guten Morgen. Ich hatte am Freitag, beruflich bedingt, einen Unfall."

„Ach Herr Eckhard. Herr Meinert hat schon nach Ihnen gefragt. Wir haben das im Fernsehen gesehen. Es tut uns so leid. Ich soll Ihnen sagen, dass er heute Mittag nach der Sprechstunde zu Ihnen nach Hause kommt, wenn das für Sie in Ordnung ist."

„Ja, sehr gerne. Ist mir sehr recht. Wann wird das ungefähr sein?"

„Ich schätze mal, so gegen halb eins wird es werden, bis er bei Ihnen ist."

„Gut, danke!"

„Kein Problem. Gute Besserung."

Ein leichter Schwindel überkam ihn dann aber doch, als er sich zu ruckartig herumdrehte.

„Hast du dir wegen mir frei genommen?", fragte er nun Julia, die langsam hinterher kam.

„Ja, war dir das nicht recht? Ich war mir nicht sicher, ob ich dich alleine lassen kann."

„Dürfen darfst du mich nie wieder alleine lassen." Nun lächelte er frech. „Da wir aber beide berufstätig sind, wird das schwierig." Er gab ihr einen Kuss auf die Stirn und ging in die Küche. Er hatte Hunger. Ein Blick auf die Uhr dort sagte ihm, dass es nach elf war.

„Oh, Brötchen? Du warst schon unterwegs?" Er setzte sich an den gedeckten Tisch, und Julia holte die frischen Sachen aus dem Kühlschrank. Sie setzte sich nur an den Tisch und sagte nichts weiter. Torben sah sie kurz an, und schmierte sich dann ein Brötchen.

„Geht das mit deinem Arbeitgeber in Ordnung?" Sie nickte leicht. „Wirklich?"

„Ja, und wenn nicht, kann ich ja das Angebot von Alexanders Vater annehmen. Chefrezeptionistin in Kuba, bei freier Kost und Logis mit einem Gehalt von 4000 Euro."

Torben pfiff leicht auf und biss dann ins Brötchen. „Das hörte sich nun leicht kratzig an. Das ist aber doch in der Tat ein verlockendes Angebot, oder nicht?"

Julia zuckte mit der Schulter.

„Ich nehme an, dass Alexander inklusive ist. Quasi zur Kost und Logis gehört." Wieder biss er in das Brötchen. Julia antwortete nicht, sondern spielte mit der Zeitung, die auf dem Tisch lag.

Torben hatte das erste Brötchen aufgegessen und griff gerade nach dem nächsten, als Julia den Kopf hob und fast traurig sagte: „Ich habe mit Alexander geschlafen."

Sofort hielt er in der Bewegung inne, sah sie an und atmete tief ein. Dann wandte er sich langsam wieder dem Brötchen zu. Er überlegte, was er nun sagen oder fragen sollte. Wollte er wirklich mehr wissen? Wieso war sie hier? Und wann hatte sie mit ihm geschlafen. Dieses Wochenende, wo er außer Gefecht gesetzt war? Und was bedeutete das nun?

„Ich weiß jetzt nicht so richtig, was ich sagen soll, Torben."

„Tja, wenn du das nicht weißt, wer soll es dann wissen?" Eigentlich war ihm der Appetit vergangen, aber sein Stolz verbot ihm, das zu zeigen, also nahm er sich sein Brötchen vor und griff zur Zeitung.

In wenigen Sätzen erzählte Julia von dem Treffen mit ihrer Freundin, dem Besuch des Guthoff Seniors bei ihr im Büro und dem Ablauf mit Alexander.

„Das Gespräch mit Melanie hatte mich unsicher gemacht. Ich hatte Angst, dass ich wirklich voreingenommen war, Alexander keine wirkliche Chance gab und es später bereuen würde." Sie sprang auf und lief wie ein nervöser Tiger durch die Küche.

„Es war so wie früher. Ganz genauso. Aber ich merkte auch, dass mir das nun nicht mehr reichte und dass du mir immer wieder in die Gedanken schlichst." Sie setzte sich wieder und legte die Hände nervös ineinander gefaltet auf den Tisch. „Irgendwann sind wir uns dann näher gekommen, und Alexander fragte mich, ob wir ins Schlafzimmer gehen sollen."

„Bitte, Julia, erspar mir Einzelheiten."

„Nein, ich wollte dir eigentlich nur sagen, dass ich dann wieder nur an dich gedacht habe. Die Situation damals, als du mich das erste mal in deiner Küche,... ich..., ich wurde dabei immer erregter, aber jetzt weiß ich, dass das nur daher kam, weil ich an uns damals dachte, aber Alexander konnte ja nicht wissen, was für ein Kopfkino bei mir ablief und drang in mich ein."

„Julia, bitte."

„Entschuldige." Verlegen schaute sie nach unten. Torben legte das Brötchen auf die Seite.

„Willst du mir gerade sagen, dass er dich ohne deine Zustimmung genommen hat?"

„Nein, das nicht, für ihn muss es ja schon so gewirkt haben, in dem Moment. Ich kam dann aus Versehen auf die Fernbedienung des Fernsehers und drückte irgendeinen Knopf, er ging an. Genau in dem Augenblick zeigten sie das Video eurer Schießerei. Mit dir in der Großaufnahme, wie du angeschossen wurdest und nach hinten fielst, sofort bildete sich eine riesige Blutlache unter dir und du hast dich nicht mehr bewegt."

„Das tut mir Leid für dich. Die sollten so etwas nicht im Fernsehen zeigen, zumal es ja so schlimm gar nicht war. Streifschüsse bluten halt wie Sau, und weil ich ordentlich aufgeknallt bin, war ich einen Moment weggetreten. Nichts Besonderes."

„Ich hatte solche Angst um dich. Ich hätte nicht gewusst, was ich machen sollte, wenn du nicht überlebt hättest."

Sie tat ihm leid. Sie musste die Hölle durchgemacht haben.

„Das waren nur Sekunden, aber ich reagierte sofort darauf. Mir war plötzlich klar, dass das, was ich gerade machte, das Falsche war. Ich zog mich an, und Alexander fuhr mich ins Krankenhaus."

„Er hat was gemacht?"

„Er fand das nicht lustig, als ich ihn fragte. Da ich aber noch nicht einmal in der Lage war, mir ein Taxi zu rufen, hatte er wohl Erbarmen mit mir. Im Krankenhaus bekam ich natürlich keine Auskunft. Überall waren Leute. Von der Presse, oder einfach nur neugierige Menschen, keine Ahnung. Es waren ja auch einige Verletzte, und es war ein ganz schönes Durcheinander dort in der Notaufnahme. Irgendwann textete ich mal wieder eine der Schwestern zu, als deine Kollegin Katja mich ansprach. Ich muss wohl ziemlich hysterisch dort aufgetreten sein."

Ihre Stimme wurde immer leiser, und nun musste Torben doch schmunzeln. Er konnte sie sich richtig dort mitten im Chaos vorstellen. Arme kleine Maus, dachte er.

„Da haben wir ja Glück gehabt, dass Katja dich gefunden hat."

„Es tut mir leid, Torben."

„Was genau tut dir leid?"

„Das ich gezweifelt habe. So etwas wie mit dir habe ich noch nie erlebt. Bei dir war alles von Anfang an anders, intensiver, schöner, ich weiß nicht, wie ich sagen soll."

„Bist du denn jetzt schwanger?" Sie sah ihn fragend an. „Wärst du nicht Samstag dran gewesen?" „Doch." „Aber? Hast du dich für mich entschieden, weil du vielleicht doch von mir schwanger bist?"

„Nein!" Sie erzählte ihm von dem Gespräch mit dem alten Guthoff und dass das nicht das Problem sein würde. Sie sich vermutlich sogar darüber freuen würden, dass es doch einen Erben gäbe und ihr Sohn nicht als Loser da stünde.

„Sie würden mein Kind als seines ausgeben?"

Sie nickte nur, stand dann auf, holte ihm die Kanne Kaffee herüber und schenkte ihm nach. „Aber ich bin nicht schwanger. Es ist alles pünktlich so eingetreten, wie es sollte."

„Na, da haben wir ja Glück."

Irritiert sah sie ihn an, stellte die Kanne weg und setzte sich wieder auf den Stuhl ihm gegenüber. „Du willst keine Kinder?"

„Doch schon, aber nicht so und vor allem will ich, dass du dich für mich entscheidest, weil du mich liebst, nicht, weil du ein Kind von mir bekommst." „Oh", antwortete sie nur.

„Darf ich fragen, mit wem du vorhin telefoniert hast?" „Mit Alexander." „Aha."

Torben nahm die Tasse in beide Hände und lehnte sich zurück.

„Ich habe mit ihm das ganze Wochenende immer wieder mal telefoniert." Sie holte tief Luft und sah auf. „Ich habe ihm gesagt, dass ich bei dir bleibe, und wir haben das eine oder andere besprochen. Ich muss ja nun auch aus der Wohnung, verständlicher Weise. Und wenn du mich nun nach dem ganzen Hin und Her nicht mehr willst, muss ich erstrecht irgendwo unterkommen. Ich kann diese Wohnung von dem

Bekannten meines Chefs haben, aber erst zum März. Bis dahin müssen wir eine Regelung haben."

„Aha. Und - habt ihr eine Regelung gefunden?"

Ihr Blick war... Torben wusste es nicht zu deuten. Traurig, ängstlich, mitgenommen und erschöpft. Vermutlich von allem etwas.

„Ja, ich kann die Wohnung bis Ende Februar nutzen. Er bleibt im Arbeitszimmer. Vermutlich fliegt er früher oder später zu einem der Ressorts raus und überbrückt die Zeit damit, bis ich in die andere Wohnung kann."

Torben sah sie nur an. Er wusste nicht, was er sagen sollte. Sie hatte sich ganz klar für ihn entschieden. Ohne Wenn und Aber, selbst mit dem Risiko, dass er sie nun nicht mehr wollte. Sie hatte endlich zu sich gefunden. Dass sie sich dabei noch für ihn entschieden hatte, gefiel ihm natürlich am besten.

„Was spräche denn dagegen, dass du sofort ganz zu mir ziehst? Ich meine, wozu brauchst du denn eine eigene Wohnung? Dann werden die Wege für uns nur wieder unnötig weiter."

„Du musst mich nicht aus Mitleid bei dir aufnehmen."

„Tue ich nicht. Purer Egoismus. So kann ich dich nehmen, wann immer ich will. Keine Diskussion, bei dir oder bei mir. Bist du schon zuhause oder, oder, oder."

„Weil es so einfacher für uns wäre, soll ich bei dir einziehen?" „Nein, Julia. Weil wir uns lieben." „Liebst du mich?" „Das weißt du doch." „Nein, ich kann es mir denken, aber du hast es noch nie ausgesprochen."

Torben stellte die Tasse auf den Tisch, stand auf, ging zu ihr und zog sie auf die Beine in seine Arme. „Ich liebe dich, Julia. Glaubst du wirklich, dass ich das ganze Theater mitgemacht hätte, wenn ich nicht so endlos verliebt in dich gewesen wäre? Ich will dich nicht wieder verlieren. Und wenn du heiraten möchtest, dann heiraten wir. Du wirst mich damit zum glücklichsten Menschen der Welt machen. Wenn du Kinder möchtest, setze die Pille ab. Der Rest wird sich dann schon ergeben."

„Ich liebe dich auch Torben", seufzte sie nun erleichtert.

„Aber…", er beugte sich langsam zu ihr herunter, „du musst damit leben, dass ich einen gefährlichen Beruf habe, und du wirst mich auf diesen bescheuerten Polizeiball begleiten müssen!"

Nun lachte sie doch und Torben umschloss ihren Mund mit einem leidenschaftlichen Kuss.

„Und ich brauche noch ein paar Tage, bis ich wieder richtig fit bin", raunte er leise, nachdem er sich von ihr löste.

Epilog

Sechs Monate später stand Torben entspannt in seinem neuen Garten, lehnte sich an den Zaun und sah zu der kleinen Hochzeitsgesellschaft, die sich ganz leger auf der Terrasse tummelte. Sein Großvater kam zu ihm und reichte ihm ein kühles, frisches Bier. „Na, mein Junge. So alleine an deinem Hochzeitstag?"

Torben lächelte entspannt und nahm das Glas an. „Danke, Großvater. Ich genieße den Augenblick."

Er stellte sich zu Torben und sah zum Haus, zur Terrasse hinüber. „Ein tolles Haus habt ihr euch da gekauft." „Ja."

„Da hat eine große Familie drin Platz", schmunzelte sein Großvater. „Keine Sorge, wir werden es schon gut ausnutzen", lachte Torben und sah, dass Julia mit seiner Mutter aus dem Haus kam.

„Wie ich hörte, war euer Polterabend gestern ein riesiger Erfolg." „Ja. Es war wirklich toll. Aber letztendlich war ich heute Morgen doch froh, dass ich auf Julia gehört und wir auswärts gefeiert haben." „Wolltest du hier feiern?" „Ja, eigentlich schon. Platz genug haben wir schließlich."

Einen Moment standen sie schweigend da und beobachteten die kleine Gesellschaft. „Sie tut dir gut", stellte sein Großvater fest. „Du weißt, dass ich nie ein Fan von deinem Vater war, aber ich habe ihn akzeptiert, deiner Mutter zuliebe. Die Probleme, die in den letzten Jahren zwischen dir und deinem Vater bestanden, haben deine Mutter sehr belastet. Ich weiß, dass das nicht deine Schuld war. Ich freue mich nur darüber, dass ihr offensichtlich das Kriegsbeil begraben habt."

„Ja, so kann man es wohl nennen. Als ich damals angeschossen wurde, hat er anscheinend nachgedacht. Ich bin froh, dass er sich von diesem Gonzales-Clan schnell wieder gelöst hat."

„Tja, Geld alleine macht nun einmal nicht glücklich. Dahinter ist nun auch endlich dein Vater gekommen." Wie auf

Stichwort kam sein Vater mit seinem Bruder auf die Terrasse. Julia stand auf und zeigte ihm, wo er sich hinsetzen konnte.

„Sag einmal, dass Kleid ist ganz schön raffiniert geschnitten. Kann es sein, dass…" „Ja." Grinsend drehte sich Torben zu seinem Großvater.

Julia kam barfuß über den Rasen direkt auf ihn zu. Sofort zog er sie in seine Arme. „Geht es euch gut?" Er gab ihr einen leichten Kuss auf die Stirn. „Ja, danke. Alles okay!"

„Wie weit bist du?"

Julia strahlte seinen Großvater an. „Es ist quasi ein Mitbringsel aus dem Portugalurlaub im Februar", klärte Julia ihn auf und schmiegte sich gleich noch intensiver an ihren frisch gebackenen Ehemann.

Sein Großvater lachte herzlich. „Weiß es deine Mutter schon?" „Julias Eltern wissen es. Da sie ja die ganze Woche schon bei uns wohnen, und ihnen Julias morgendliche Übelkeit nicht verborgen blieb."

„Deine Mutter wird sich wahnsinnig freuen und deine Großmutter auch." „Ja, wir haben vor, es nachher beim Abendessen bekanntzugeben."

„Kommt doch bitte mit rüber zu den anderen", bat nun Julia und sah Torben bittend an. „Natürlich Maus. Wir kommen sofort." Er drückte sie noch einmal an sich, dann löste sich Julia und ging zur Terrasse zurück.

„Ist der Bürgmer eigentlich schon wieder zurück?"

„Nein. Der hat jetzt erst seine Reha angetreten. Es gab Komplikationen, und er musste noch zweimal operiert werden. Davon musste er sich erst erholen, nun steht die Reha an." „Und danach geht er noch in den Jahresurlaub?" „Ja. Ich war letzte Woche bei ihm zuhause und habe ihn besucht. Es geht ihm langsam wieder besser. Aber ich habe den Eindruck, dass es ihn nicht wirklich auf seinen Platz im Büro zurückzieht. Er will die Reha so lange wie möglich auskosten und dann seinen Jahresurlaub von vier Wochen nehmen. Und wenn ich ehrlich bin, glaube ich nicht, dass er danach wirklich wiederkommt. Wenn er schlau ist, lässt er sich etwas einfallen."

„Und du? Kommst du klar mit der neuen Herausforderung?" „Du kennst mich!" „Ja, das ist mein Junge! Du glaubst gar nicht, wie stolz ich auf dich bin! Ich habe es nie so weit wie du geschafft, aber wenn ich ehrlich bin, war das auch nie mein Bestreben. Ich hatte mich als, wie heißt das so schön, einfacher Streifenpolizist, immer sehr wohlgefühlt. Hast du eigentlich mal wieder etwas von Alexander gehört?"

„Nein. Nicht wirklich. Mein letzter Infostand ist, dass er auf Kuba ein neues Ressort eröffnet hat und es selber leitet."

„Hm. Das war schon eine komische Geschichte um ihn damals."

Torben trank das Glas leer und stieß sich vom Zaun ab. „Komm, Großvater. Gehen wir zu den anderen." Langsam gingen sie zurück.

Sie hatten einen super Polterabend gefeiert, der ihm noch immer ein bisschen in den Knochen hing. Die Kirche heute Mittag war bis auf dem letzten Platz gefüllt gewesen und die Kollegen hatten anschließend draußen Spalier gestanden. Julia war direkt in Tränen ausgebrochen. Und auch er musste sich eingestehen, dass er ganz schön zu schlucken hatte. So viel Anteilnahme hatte er nicht erwartet. Die eigentliche Hochzeitsfeier fand nun im kleineren Familienkreis statt. Auch das war Julias Idee gewesen, und es war die richtige Entscheidung. Es war so herrlich entspannt, und er genoss jeden Augenblick.

Julia kam ihnen entgegen, hakte sich bei ihm und seinem Großvater ein und führte sie beide zu dem großen Tisch.

Als sie alle wieder saßen, lehnte er sich zu ihr hinüber und flüsterte ihr ins Ohr: „Ich freue mich darauf, endlich wieder mit dir alleine zu sein."

Julia strahlte ihn an, schüttelte leicht lachend den Kopf: „Du bist unmöglich, Torben! Wir haben das ganze Haus voller Gäste!"

„Ja, aber Gott sei Dank, schlafen die nicht alle in unserem Schlafzimmer. Das ist der Vorteil von so einem großem Haus!" Er küsste ihre Nasenspitze und zwinkerte ihr leicht zu.

„Torben, Julia sagte, dass ihr heute noch eine Überraschung für uns habt! Was ist es denn? Ein großes Feuerwerk?" Seine Schwester machte sich offensichtlich lustig über ihn. Sie kam damit nicht klar, dass die Kanzlei diesen riesigen Fisch wieder verloren hatte, bevor sie ihn überhaupt richtig an der Angel hatten.

Torben sah zu Julia, die ihm zustimmend zunickte. Es waren alle da, also konnte er es auch jetzt sagen. Es kam auf zwei Stunden früher oder später nicht an. Er stand auf und klimperte leicht mit einem Stift an ein Glas. Alle Gespräche verstummten und alle Gäste richteten ihre Blicke auf ihn.

Torben machte es kurz und sagte in zwei Sätzen, dass sie Nachwuchs erwarteten. Seine Mutter juchzte erfreut auf, kam um den Tisch zu ihnen und umarmte sie beide.

Lange saßen sie noch zusammen und feierten ausgelassen bis in die tiefe Nacht hinein.

Als es endlich ruhig im Haus wurde, warf sich Torben zu Julia aufs Bett. „Na, Frau Eckhardt? Müde?" Zärtlich strich er ihr eine Strähne aus dem Gesicht.

„Erschöpft, das gebe ich zu. Aber zu müde nicht." Julia strahlte ihn an.

„Zu müde für was?" Doch bevor sie antworten konnte, nahm er ihren Mund in Beschlag und es dauerte nicht lange, bis sie wieder eins waren. Das erste Mal, als Mann und Frau!

ENDE

www.christinelenke.de

Zeitfracht Medien GmbH
Ferdinand-Jühlke-Straße 7
99095 Erfurt, Deutschland
produktsicherheit@kolibri360.de